Verborgene Herzen

MARITA STÖRMER

Verborgene Herzen

**EINE GESCHICHTE VON VERLUST,
LIEBE UND HOFFNUNG**

HISTORISCHER
ROMAN

Bibliografische Information der Deutschen Nationalbibliothek.
Die Deutsche Nationalbibliothek verzeichnet diese Publikation
in der Deutschen Nationalbibliografie; detaillierte bibliografische
Daten sind im Internet über http://dnb.dnb.de abrufbar.

Lektorat, Korrektorat, Satz und Umschlaggestaltung:
BoD – Books on Demand, Norderstedt

Verlag: BoD – Books on Demand GmbH, In de Tarpen 42,
22848 Norderstedt

Druck: Libri Plureos GmbH, Friedensallee 273, 22763 Hamburg

ISBN 978-3-7597-4077-9

Inhalt

Prolog

1912

Trauer herrscht im Herrenhaus der Hailshams in der Nähe von Plymouth im Westen Englands.

Die Hausherrin und Großmutter, Lady Mary Hailsham, trauert nicht nur um ihren Sohn und ihre Schwiegertochter, auch ihr lieber Ehegatte Jacob ist von ihr gegangen.

Die Sorge um die beiden Enkelkinder bereitet ihr große Kopfschmerzen und auch ihr eigener Gesundheitszustand, der sie quält. Seit Tagen fühlt sie sich nicht mehr gesund.

»Liebe Anna, kommen Sie und bringen Sie die Kinder in den Garten, meine Beine wollen nicht mehr so recht«, sagt die Großmutter. »Bitte rufen Sie meinen Verwalter zu mir«, wendet sie sich an den Butler, der sich daraufhin verbeugt und hinausläuft, um ihren Auftrag auszuführen.

Als der Verwalter den Salon betritt, in dem die Großmutter in ihrer Trauerkleidung sitzt, deutet sie ihm, sich zu setzen. Mr Toyler findet seine Arbeitgeberin und gute Freundin, die sie ihm geworden ist, mit eingefallenen Wangen und blass aussehend vor. Er geht zu ihr und verbeugt sich: »Meine liebe Mary, womit kann ich dir behilflich sein?«

»Mein lieber Freund, bevor mir etwas zustößt, muss ich alles geordnet haben. Du musst mir dabei helfen. Bitte sag dem Chauffeur, dass wir morgen früh sehr zeitig nach London fahren müssen.«

Man schreibt das Jahr 1912, die Kinder, Jacob, vier Jahre alt, und die kleine Scarlett, gerade mal zwei Jahre, weilten bei den Großeltern.

Die Großmutter Mary und der Großvater Jacob wurden, bevor die Eltern der beiden Kinder England verließen, beauftragt, diese bis zu ihrer Rückkehr zu versorgen.

Aber leider kam alles ganz anders.

Scarlett wurde im Jahr 1910 in Plymouth, West England, als Kind reicher Eltern geboren. Der Vater war ein Diplomat und die Mutter die einzige Tochter eines Bankbesitzers aus Oxford und dessen Frau. Im Jahr 1911 kamen die Eltern von Scarletts Mutter durch einen Brand in der Oxford University Bank ums Leben.

Scarletts Eltern heirateten 1907 in Oxford und lebten nach der Trauung in Plymouth im herrschaftlichen Anwesen der Großeltern von Scarlett, der Eltern ihres Vaters, des Lords und der Lady von Hailsham. Zwei Jahre nach Scarletts Geburt begab sich das junge Ehepaar von Hailsham, Scarletts Eltern, auf eine Schiffsreise nach Amerika. Scarletts Bruder Jacob war zu dieser Zeit vier Jahre alt.

Der junge Ehemann hatte den diplomatischen Auftrag erhalten, dort mit Politikern die neuste Lage in Europa zu erörtern. Von Southampton aus liefen sie mit dem modernsten Passagierschiff aus, das je gebaut wurde.

Das Schiff mit Namen Titanic erreichte nie sein Ziel. Die Eltern von Jacob und der kleinen Scarlett waren seitdem verschollen. Die Großeltern, schon betagte Leute, nahmen den kleinen Jungen, den Erstgeborenen ihrer Kinder, und das kleine Mädchen liebevoll auf.

Als die Großeltern erfuhren, dass die Eltern der Kinder nicht mehr nach Hause kommen würden, wurde der Großvater sehr krank und verstarb innerhalb weniger Wochen.

Die Großmutter versuchte allein, mit Hilfe der jungen Anna, eines Kindermädchens, die kleinen Kinder zu behüten. Es fiel ihr von Tag zu Tag schwerer, bis auch sie krank daniederlag.

Es dauerte nicht lange und auch die Großmutter schloss für immer ihre Augen.

Der Tag, ein verregneter und kalter. Der kleine Junge spielt in seinem Zimmer mit einer Holzeisenbahn, da steht eine fremde

Frau vor ihm und schaut zu dem Kind herab: »Komm, mein Kleiner, du wirst jetzt mit mir gehen und dann kannst du mit vielen Kindern gemeinsam spielen.« Sie hebt dabei Jacob zu sich hoch und sagt noch: »Ich bin deine Tante aus Plymouth. Ich werde mich ab sofort um dich kümmern.«

Scarlett wird zur gleichen Zeit von einer Zisterzienserschwester abgeholt.

Die Schwester nimmt Scarlett an die Hand und will sie mit sich nehmen. Der Kleinen gefällt das nicht, und sie löst sich von ihr mit großem Geschrei. Dann rennt sie fort, die Treppen zu ihrem Zimmer hinauf. Dort versteckt sie sich. Plötzlich steht Anna, das Kindermädchen, vor ihr und sagt: »Meine kleine süße Scarlett, komm bitte mit mir. Du musst mit dieser Schwester gehen, denn es wird keiner mehr da sein, der auf dich achtgeben kann. Deine liebe Großmutter ist doch auch nicht mehr da.«

Das Kind kommt langsam, mit gesenktem Köpfchen und dieses schüttelnd, zu ihr und weint hemmungslos. Anna nimmt das verstörte Kind auf ihren Arm und trägt es nach unten zur Schwester.

Keiner der Bediensteten, auch nicht Anna oder der Verwalter der Lady, wussten, wo man die Kinder hinbrachte. Sie kannten diese Verwandte der Familie nicht und auch in welches Kloster Scarlett brachte wurde, erfuhren sie nicht.

Die Kinder wurden, jedes in ein anderes Waisenhaus, gebracht. Die kleine Scarlett brachte man in die Buckfast Abbey in Buckfastleigh, Grafschaft Devon, und ihr zwei Jahre älterer Bruder Jacob in ein Waisenhaus in London, das Dr. Barnard'os Homes. So wurde es angeblich vom Anwalt der Lords von Hailsham bestimmt, da nur eine entfernte Verwandte bekannt war. Die kleine Scarlett konnte sich nach den zwei Jahren Aufenthalt im Waisenhaus kaum bis gar nicht an ihren Bruder erinnern und so kam es, dass nur noch ein Name in ihrem Gedächtnis blieb: Jacob.

Kapitel 1

Buckfast Abbey, 1914

»Scarlett, wo steckst du wieder? Komm sofort zu mir! Wenn du nicht augenblicklich kommst, wirst du wieder ins Verlies gesteckt. Hörst du?«

Schwester Elsa rief es aufgebracht und ihre Augen waren dabei weit geöffnet und eine leichte Zornesröte bedeckte ihre Wangen.

Scarlett hatte immer Angst vor diesem Zimmer, in das sie Schwester Elsa zuvor gebracht hatte. Doch diesmal überwog die Furcht vor dem Neuen, den Herrschaften, die sie von hier wegbringen wollten, und somit hatte sie die Kraft, sich in diesem dunklen Raum zu verstecken.

Leise, sich aus einer dunklen Zimmerecke lösend, kam Scarlett, das vierjährige zierliche Mädchen mit rötlichem Haar. Sie trug ein hellgraues Kleid mit einer dunkelgrauen Schürze und blieb vor dem wuchtigen Sessel stehen. Ihren Kopf hielt sie gesenkt, ihre kleinen Hände zitterten und mit zierlichem Stimmchen sagte sie: »Ich bin doch hier, liebe Schwester Elsa.«

»Setz dich auf den Stuhl und rühr dich nicht

von der Stelle!«, sagte diese energisch und zeigte dabei auf einen einfachen dunkelbraunen Holzstuhl ohne Polsterung, der neben einem massiven Schreibtisch stand.

Scarlett kletterte auf den Stuhl, ihre Beinchen reichten nicht bis zum Fußboden. Ihren Kopf hielt sie immer noch gesenkt und ihre Hände hielt sie gefaltet im Schoß.

»Ich komme in ein paar Minuten wieder, und du bleibst sitzen!«, sagte Schwester Elsa und verließ durch eine hohe, dunkle Eichentür den Raum.

Das Zimmer befand sich in einem Seitenflügel des Klosters und wirkte durch die Holzvertäfelung an den Wänden und der Decke recht dunkel. Durch die beiden hohen, mit buntem Bleiglas verzierten Fenster fiel sehr wenig Licht in den Raum.

Im hinteren Teil standen über Eck Bücherregale, die bis zur Decke reichten, und in der Mitte des Raumes befand sich der Schreibtisch. Rechts vor diesem stand der breite braune Ledersessel und links der einfache Holzstuhl, auf dem Scarlett saß. Die Tür war direkt vor ihren Augen und sie schaute auf das große Holzkreuz an der Wand. Von der Decke hing ein großer Kronleuchter, der ein wenig Licht in den Abendstunden abgab. Sie zitterte und dabei rutschte sie auf dem harten Holzstuhl hin und her. Ihre kleinen kurzen und zarten Beinchen ließ sie baumeln.

Scarlett wusste von Schwester Elsa, dass sie abgeholt werden sollte, und hatte Angst davor.

Sie dachte: *Was wird man mit mir machen? Wird man mich von hier wegbringen? Wird es mir dann gut gehen? Ich habe aber doch Angst. Ich bin so allein und keiner hilft mir.* Sie fing an, leise zu weinen.

Da kam ihr ein Name in den Sinn, welchen sie früher einmal gehört hatte, und wenn sie ihn aussprach oder daran dachte, wurde es ihr warm. *Jacob.* Die Tränen liefen und liefen.

Scarlett war noch in ihren Gedanken versunken, da ging die schwere Tür auf und Schwester Elsa betrat den Raum, gefolgt von einer eleganten, schon etwas älteren Dame und einem kleineren dicken Mann.

»Madam Austin, Sir Austin, das ist das Kind«, sagte Schwester Elsa und zeigte auf Scarlett. Die Austins, zur damaligen Zeit reiche Leute, die eine Automobilfirma, die Austin Company, besaßen.

Scarlett erschrak, denn die Dame kam auf sie zu, fasste ihr unter das Kinn, sodass sie ihr in die Augen blicken musste. Dann sagte die Dame mit einer leicht gekünstelten Stimme: »Mein liebes Kind, sage uns doch, wie du heißt und wie alt du bist.«

Scarlett war verwirrt, ein leichtes Zittern überlief ihren kleinen zierlichen Körper, sodass sie nicht gleich antworten konnte.

»Wirst du wohl antworten!«, kam die strenge Stimme von Schwester Elsa.

Leise, wie ein Hauch konnte Scarlett ihr antworten, denn ihre Kehle fühlte sich trocken an: »Ich heiße Scarlett und bin vier Jahre alt.«

Schwester Elsa atmete erleichtert aus.

»Liebe Schwester Elsa, wie uns die Frau Oberin ankündigte, wird das Kind eines Tages, mit seinem 21. Lebensjahr, ein großes Erbe antreten. Das Kind ist sehr schön und wird gut zu uns wie auch zu unserem Bekannten- und Freundeskreis passen«, sagte die Dame und sah abwechselnd zu dem Herrn und dann zu Schwester Elsa.

»Wie meine Frau schon sagte, ist dieses Kind, das Sie uns hier vorstellen, das richtige«, bestätigte der Herr und nickte dabei. »Wir werden dem kleinen Mädchen ein gutes Elternhaus bieten können, denn auch wir sind vermögende Leute, wie Sie wissen.«

Schwester Elsa verneigte sich leicht vor den Herrschaften und sagte: »Dann bitte ich Sie höflichst, mit mir zu unserer Schwester Oberin zu kommen, denn sie wird mit Ihnen alles Formelle besprechen und die nötigen Unterlagen mitgeben.«

Der Herr verneigte sich ebenfalls leicht vor

Elsa und gab ihr den Vortritt, als sie den Raum verließen.

Scarlett saß immer noch auf dem braunen Holzstuhl und wusste nicht so recht, was nun geschehen würde.

Es verging noch eine ganze Zeit, für Scarlett eine viel zu lange, bis sich die Tür plötzlich wieder öffnete und die Schwester Oberin mit den beiden Herrschaften den Raum betrat. Die Oberin setzte sich an den Schreibtisch und begann zu Scarlett zu sprechen: »Liebe Scarlett, nun wirst du ein wunderschönes Leben beginnen, ein Leben in Reichtum und mit viel Freude. Du wirst ein eigenes Zimmer haben und viele schöne Kleider, köstliches Essen wirst du bekommen und in einem Himmelbett schlafen. Dazu wünsche ich dir, dass du immer dankbar sein wirst, dass dich diese feinen Herrschaften als ihr Kind in ihr Haus mitnehmen.«

Der Herr übergab der Oberin einen großen Umschlag. Diese säuselte einen Dank und reichte ihm und seiner Frau zum Abschied die Hand.

Die Dame zog Scarlett vom Stuhl, sie verließen das Kloster und fuhren in einem wuchtigen Automobil davon.

Sie fuhr mit dieser komischen Kutsche, mit diesen fremden Menschen, und sie hatte Angst, fror, und es kam ihr ein Name in den Sinn, Jacob.

Es wurde schon dunkel und nur ein paar Straßenlaternen erhellten spärlich die Straße. Plötzlich blieb das Gefährt ruckartig stehen. Die Tür wurde geöffnet und die Dame konnte mit Hilfe des Chauffeurs aus dem Auto steigen. Dann wurde Scarlett aus dem Auto gehoben und auf den Gehweg gestellt. Mehrere Taschen und ein paar Kisten wurden entladen und anschließend in ein großes, hell erleuchtetes Haus gebracht.

»Na komm schon! Bleib nicht stehen und geh endlich!«, sagte die Dame zu Scarlett. Sie und der kleine dicke Herr gingen ihr voran in das Haus. Eine breite Treppe führte zum Hausportal und dann in eine geräumige Diele. Dort standen ihre Taschen und Kisten, welche zwei Bedienstete nach und nach irgendwohin trugen.

Aus einem dunklen Gang kam ihnen eine griesgrämig blickende ältere Frau mit einer weißen Spitzenhaube auf ihren grauen Haaren entgegen.

»Elisabeth, nehmen Sie das Kind und gehen Sie mit ihm in das Zimmer, das zurechtgemacht wurde. Wenn es umgekleidet und gewaschen ist, kommen Sie mit ihm in das Speisezimmer«, sagte die Dame, drehte sich um und rauschte in ihren langen Kleidern davon.

Scarlett zitterte am ganzen Körper, nicht wegen der Temperatur, denn es war nicht kalt, sondern wegen der Atmosphäre, die sie frösteln ließ. Dann kamen auch noch Tränen und ihr Gesicht wurde ganz nass.

»Was heulst du hier rum!«, rief Elisabeth, die Gouvernante, nahm Scarlett am Arm und zog sie mit sich mit.

Scarlett kam kaum hinterher, denn Elisabeth lief viel zu schnell für ihre kleinen Beine. Ein langer, nur spärlich erhellter Flur führte zu ihrem neuen Zimmer.

Der Raum wirkte freundlich und hell, durch die fast weißen Wände mit heller Blumenmalerei. Ein riesiges Bett stand an der rechten Wand und gegenüber sah sie einen großen, langen Spiegel mit einem niedrigen Tischchen davor. Geradeaus befand sich eine breite Balkontür, die von hellen Gardinen verdeckt wurde. Ein Schrank mit vielen Türen und Fächern stand links von der Balkontür. Als sie das Zimmer sah, dachte Scarlett: *Es ist sehr schön, aber die Frau, die so böse schaut, ob die mich nicht mag? Die ist so wie Schwester Elsa.* Bei diesen Gedanken lief ihr ein Kribbeln über den Rücken. Denn im Waisenhaus war es ihr überhaupt nicht gut gegangen. Keins der anderen Kinder mochte sie, und die Schwestern waren streng. Zu essen gab es sehr wenig, sodass Scarlett abends oft hungrig ins Bett fiel. Spielsachen, wie sie sie früher einmal besessen hatte, hatte sie nicht mehr. Alles war ihr weggenommen worden.

Und sie dachte: *Werde ich hier, bei diesen frem-den Menschen, ein paar Spielsachen bekommen und spielen dürfen?*

Die Gouvernante öffnete einen der Koffer, die die Bediensteten in das Zimmer gebracht hatten, und entnahm ein paar Kleidungsstücke. Diese legte sie auf das große Bett und sagte, sich dabei zu Scarlett drehend: »Zieh diese Sachen an, aber zuvor wasch dich!« Dabei lief sie zu einer in der rechten Wand versteckten Tür und öffnete diese. Dahinter befand sich ein Badezimmer mit einer großen Badewanne, einem Waschbecken, einer Toilette und einem Regal mit mehreren weißen Handtüchern.

Die kleine Scarlett stand vor dem Badezimmer und wusste nicht, wie sie sich waschen sollte.

»Na geh schon und wasch dich«, sagte die Gou-vernante erneut und schob Scarlett ins Bad. Sie kam nicht zum Waschbecken hoch, denn sie war viel zu klein. Elisabeth schob ihr einen kleinen Fußtritt davor, so konnte sie das Waschbecken erreichen. Aber sie kam nicht an den Wasser-hahn, so dass die Gouvernante ihr Wasser zum Waschen in eine Schüssel gießen musste. Als sie fertig war, kämmte diese noch ihr Haar, was sehr weh tat, denn die kleinen widerspenstigen Löckchen waren schwer durchzukämmen. Zum Schluss band Elisabeth ihr noch ein weißes Schleifenband hinein.

Danach verließen sie das Zimmer und Elisabeth ging Scarlett voran. Sie liefen den langen Flur entlang, bis sie zu einer breiten, geschwungenen Treppe kamen, die in den unteren Bereich des Hauses führte. Dort sah Scarlett einen Bediensteten vor einer breiten offenen Tür stehen. Dieser begleitete die beiden in den kleinen, sehr modern eingerichteten Speiseraum. An einer langen Tafel saß auf der oberen Stirnseite der kleine dickliche Herr und ihm gegenüber saß die elegante Dame.

Die Dame drehte sich nur kurz um, als die Gouvernante und Scarlett den Raum betraten, und zeigte auf die eingedeckten Plätze zu ihrer Rechten. Die Gouvernante schob Scarlett den Stuhl zurecht, damit diese sich setzen konnte, und nahm anschließend neben ihr Platz.

Zwei Bedienstete und eine junge Frau mit weißer Haube und Schürze brachten wohlriechende Speisen. Dinge, die Scarlett noch nie gegessen hatte, oder sie wusste es nicht mehr. Mit manchen Sachen konnte sie nicht umgehen, so mit dem Messer und der Gabel. Sie versuchte ihr Glück, die Speisen mit einem Löffel zu essen, doch dieser war für ihren kleinen Mund viel zu groß. Es war wenig, was sie essen konnte, ohne zu kleckern. Keiner der Erwachsenen half ihr beim Essen, denn diese waren nur auf ihr eigenes Wohl bedacht, und Madam Austin lächelte ihr nur zu. Eine riesige Portion Gemüse und ein großes Stück Fleisch nahm sie sich und sagte zu ihrem Gatten: »Unsere Köchin hat sich wieder einmal mit ihren Kochkünsten übertroffen. Wir werden unsere Gäste mit unseren guten Speisen und Getränken zu unserer kommenden Feierlichkeit verwöhnen können. Was meinst du?«

Mr Austin nickte seiner Gattin nur flüchtig zu, wobei er nur auf sein Essen vor sich sah und sich seinen Mund vollstopfte.

So kam es, dass das Kind nach dem Essen, auch hier hungrig, mit ein wenig Hilfe eines der Dienstmädchen in dem großen Bett lag. Da kamen Scarlett die Worte in den Sinn, die die Großmutter ihr oft am Bett gesagt hatte: *Meine kleine Scarlett, der liebe Herrgott im Himmel kennt dich und er wird dich jede Nacht und an jedem neuen Tag behüten und beschützen. Falte deine Händchen und wir beten gemeinsam: ›Ich bin klein, mein Herz ist rein, soll niemand drin wohnen als Jesus allein. Und nun schlafe gut, mein liebes Kind.‹* Danach verließ die liebe Großmutter, ihr noch einen Kuss auf die Stirn hauchend, das Kinderzimmer, in dem ihr Bett einen Himmel mit vielen Sternen hatte und in der einen Ecke viele schöne Spielsachen lagen. Bei diesen Gedanken legte sich ein Lächeln auf Scarletts Lippen und ihre Augen fielen langsam zu. Kurz darauf träumte sie: *Sie sah ihre Großeltern, die beiden saßen in einem Raum auf kleinen zierlichen Sesseln. Großmutter hatte eine Handarbeit in ihren Händen und Großvater blätterte in einer Zeitschrift. Ein kleiner Junge mit blondem welligen Haar saß auf einem runden Hocker an einem Flügel, der in der Mitte des Raumes stand, und spielte etwas mit einigen Fehlgriffen. Aber es hörte sich so schön an. Ein dünner Herr stand neben dem Flügel und gab dem Jungen Anweisungen. Dann sah Scarlett ein kleines Mädchen, mit einer kleinen Puppe spielend, neben der Großmutter auf einem Hocker sitzen. Das kleine Mädchen gab ein paar Laute von sich, es versuchte mit seiner Puppe zu sprechen. Die Groß-mutter blickte es dabei liebevoll an.*

Die Tür ging auf und eine ganz in Weiß gekleidete Dame betrat den Raum, hob das kleine Mädchen hoch und trug es in sein großes Zimmer.

Dann sah Scarlett, wie der kleine Junge zu dem kleinen Mädchen ins Zimmer kam und ihm einen dicken Kuss auf die Wange drückte, es noch liebe-voll in seine Arme nahm und eine gute Nacht wünschte.

Im Traum wurde es ihr warm und sie schlief gut in dieser ersten Nacht in der fremden Um-gebung.

Es musste noch recht früh am Morgen sein, da wurde Scarlett unsanft durch eine laute, durch-dringende Stimme aus ihrem Schlaf gerissen, und ihr Herzchen begann wild zu klopfen.

»Steh endlich auf und zieh dich an! Die Kleidung liegt dort«, sagte die Gouvernante und zeigte auf einen kleinen Sessel, der unter dem Spiegel neben dem Tischchen stand. Dann verließ sie den Raum wieder und Scarlett war auf sich allein gestellt. Tränen begannen sich aus ihren Augen zu lösen und liefen über ihre Wangen. Sie konnte sich schon allein anziehen, aber diese Dame, das spürte Scarlett, mochte sie nicht. Plötzlich öffnete sich ihre Zimmertür erneut und eine junge Frau mit weißem Häubchen und einer passenden Schürze trat in ihr Zimmer und schaute dabei noch einmal kurz zurück in den Hausflur. Sehr leise, damit keiner der Anwesenden im Haus es mitbekam, sagte sie zu Scarlett: »Du liebes kleines Mädchen, ich bin Rebecca und die Zofe der Lady Austin. Komm, ich helfe dir beim Waschen und Anziehen, denn ich habe noch eine Stunde Zeit, bis ich wieder gebraucht werde.«

Als Erstes nahm sie Scarlett in den Arm, dann strich sie ihr über den Kopf, denn sie bemerkte die Tränen in den Augen des Kindes. Als Scarlett diese Zuneigung spürte, kam ein kleines Lächeln über ihre Lippen. Mit großen Augen sah sie zu Rebecca auf.

Die Zofe schloss leise die Tür und half dem Kind beim Waschen und Ankleiden. Als es so weit fertig war, nahm sie den Kamm, der am

Spiegel in einer Glasschale lag, und kämmte das wunderschöne Haar von Scarlett. Noch einmal nahm sie sie in die Arme und verließ dann schnell das Zimmer.

Scarlett musste noch fast eine halbe Stunde warten, bis eine etwas ältere Bedienstete ihr Zimmer betrat und ein Tablett mit einem Frühstück auf dem kleinen runden Tisch vor ihrem Bett abstellte.

Als sie das Gebäck mit Marmelade und das Glas Milch sah, verspürte sie Hunger, und schnell, als hätte sie Angst, man könnte ihr etwas wegnehmen, verschlang sie das Essen. Sie kannte es nicht anders, als schnell zu essen, um auch satt zu werden, da die anderen Kinder im Kloster ihr alles wegnahmen oder aßen, wenn sie nicht schnell genug war.

Wieder musste sie warten und es vergingen mehrere Stunden. Die Zeit verging nicht, und so lief sie im Zimmer hin und her, sah aus dem bis zum Fußboden reichenden Fenster in einen großen Park, öffnete die Schranktüren und schaute sich die darin liegende und hängende Kleidung an, bis sich die Tür öffnete und die Gouvernante den Raum betrat. Missmutig sah diese sich im Zimmer um, würdigte Scarlett dabei aber keines Blickes. »Du musst jetzt zu den Herrschaften, denn die haben Gäste. Ich werde dich dorthin begleiten. Sei dort still und befolge deren Anweisungen«, sagte sie nur, griff derb nach Scarletts Hand und zog sie die Treppe hinunter ins Untergeschoss. Vor einer breiten, weit geöffneten Tür blieben sie stehen und Elisabeth erhob ihren rechten Zeigefinger, sah Scarlett streng an und ermahnte sie noch einmal: »Sei ja brav und mucks dich nicht!«

Dann schob sie das Kind in den riesigen Saal hinein.

Allein gelassen, den Kopf gesenkt, stand Scarlett im Eingangsbereich und wagte sich nicht weiter. Plötzlich war eine Person neben ihr, nahm sie bei der Hand und führte sie zu den Gästen der Herrschaften. Es war die Gastgeberin persönlich. »Dies ist unsere Tochter«, sagte sie an die Gäste gewandt, »wir haben sie aus der Buckfast Abbey geholt. Ist sie nicht süß?« Dabei drehte sie Scarlett einmal und dann noch einmal im Kreis, damit ihre Gäste sie wie einen neu erworbenen Gegenstand betrachten konnten.

Scarlett wurde es dabei etwas schwindelig, sodass sie leicht schwankte.

»Wirklich ein schönes und süßes Kind!«, riefen zwei der Damen gleichzeitig.

»Da werdet ihr sicherlich viel Freude mit diesem Wesen haben«, sagte eine andere Dame.

Scarlett hielt immer noch ihren Kopf gesenkt und wagte nicht aufzublicken.

Es verging eine ganze Weile, die Damen unterhielten sich über den letzten Schrei der Mode und die Herren verschwanden im hinteren Teil des Saales, als die Hausherrin eine kleine Glocke vom Tisch nahm und läutete. Kurze Zeit später betrat Rebecca, die junge Zofe, den Saal, nahm Scarlett an die Hand und führte sie hinaus.

»Scarlett, so heißt du doch? Wir sind jetzt auf uns gestellt und können uns die Zeit so einteilen, wie wir sie haben möchten. Elisabeth wurde gekündigt, wie ich es vernahm, und eine Neue wird nicht eingestellt. Die Herrschaften meinten, das Geld könnten sie sich sparen. Ich weiß aber, dass Elisabeth mit den Herrschaften und ihrer Arbeit nicht mehr zufrieden war.« Dabei musste Rebecca leise auflachen. Dann sagte sie noch, sich zu Scarlett hinunterbeugend: »Mein Kleines, ich werde mich jetzt um dich kümmern und dies der Hausherrin auch mitteilen. Ich hoffe und wünsche, dass sie dem zustimmt.«

Scarlett wusste nicht, was sie davon halten sollte, denn sie verstand es nicht so recht. Sie hob ihren kleinen Kopf und nickte Rebecca zu.

»Komm, heute ist es so schön draußen, wir gehen ein wenig spazieren, denn bis zur Mittagszeit haben wir noch eine ganze Stunde.«

Rebecca nahm das Kind, zog ihm eins der kleinen Mäntelchen über, das sie aus Scarletts Zimmer geholt hatte, und nahm es an die Hand. So verließen sie das große Haus, das sich mitten in einer Stadt, aber umgeben von einem großen gepflegten Garten mit Waldstück, befand.

Mit Rebecca begann für Scarlett eine feste Verbundenheit, denn sie wurde für sie für eine kurze Zeit wie eine Ersatzmutter.

Kapitel 2

Waisenhaus Dr. Barnard o's Homes
in London, 1914

Ein kleiner Junge von gerade einmal sechs Jahren saß auf seinem Bett, das sich im großen Schlafsaal für Jungs befand, und schaute traurig aus dem kleinen Dachfenster über sich. Er war allein, die anderen Jungs waren draußen im Garten. Er dachte an seine Großeltern, die ihn und seine kleine Schwester so schnell verlassen hatten. Dann kamen immer wieder schwache Erinnerungen an die Eltern, die nie mehr nach Hause kommen würden, und Tränen liefen über seine blassen Wangen. Laut in die Stille des Schlafsaals hinein sagte er: »Wo werden sie meine kleine liebste Schwester hingeschafft haben?«, und ein tiefer schmerzhafter Seufzer kam aus seiner Brust. Dann warf er sich mit angezogenen Beinen auf sein Bett und weinte herzzerreißend.

»Jacob, komm doch spielen! Wir warten schon auf dich!«, rief ihm ein größerer Junge mit Namen Gordon, in kurze Hosen und ein graues Hemd gekleidet, zu, als er den Schlafsaal betrat.

Gordon beugte sich über Jacob, da der sich nicht rührte. »Was ist mit dir? Du weinst doch! Komm, steh auf, die anderen warten auch auf dich, wir wollen gemeinsam Ball spielen. Du, das glaubst du nicht, Johann hat einen Ball von seinem Onkel bekommen, das ist der Mann, der ihn ab und zu besuchen kommt. Jetzt können wir damit so richtig schöne Spiele machen, die Erzieher haben es erlaubt«, sagte Gordon und setzte sich aufs Bett. »Willst du mir erzählen, was dich so traurig macht? Ist es, weil du heute beim Unterricht nicht die richtige Antwort wusstest und Mr Smith es dir nicht verzeihen konnte? Ich habe es auch nicht so recht verstanden, dass du die Antwort auf seine Frage nicht wusstest. Komm, steh auf. Morgen ist alles wieder anders«, sagte Gordon und versuchte Jacob hochzuziehen.

Endlich richtete Jacob sich auf und wischte sich über seine Augen.

»Willst du mir erzählen, was dir fehlt?«, fragte Gordon.

Aber Jacob schüttelte nur mit dem Kopf. Dann stand er auf und sagte: »Ich komme ja mit dir mit«, und lief in den Garten zu den anderen Jungs.

»Na endlich!«, riefen sie fast gleichzeitig, als sie Jacob mit Gordon kommen sahen. Und schon flog der Ball von einem zum anderen und sie lachten laut vor Freude über das neue Spielzeug.

Aber das Spiel dauerte nicht sehr lange, denn ein lauter Pfiff ertönte und die Kinder mussten wieder ins Haus zurück. Ein etwas beleibter, aber recht großer Herr mit einem Schnauzbart dirigierte die Jungs, die sich in Reih und Glied jeweils zu zweit aufstellen mussten, in den Waschraum, der sich im Erdgeschoss des riesigen Hauses befand. Sie durften sich dabei nicht mehr unterhalten, alles musste lautlos vonstattengehen. Nach dem Waschen gingen sie gemeinsam, wieder in Zweierreihe, in den Speisesaal, einen großen grauen Raum mit langen Holztischen und Holzbänken. An der linken Wandseite befanden sich auf breiten Tischen große Behälter mit den Speisen und Getränken sowie Teller, Tassen und Besteck. Hinter den Essenbehältern standen die Küchengehilfen und verteilten die Speisen. Alles ging lautlos zu, denn den Kindern war es verboten, sich während der Essenszeit zu unterhalten. Wenn einer es tat, bekam er Prügel.

Plötzlich wurde es laut. Ein paar Jungs warteten noch auf ihr Essen, als auf einmal klirrend Geschirr zu Boden fiel und ein Junge laut aufschrie. Im Saal herrschte augenblicklich eine Stille, als ob sie alle in einen Schockzustand verfallen wären. Kein Mucks war mehr zu hören.

Jacob stand da und blickte auf den zerbrochenen Teller mit den Speisen vor sich auf dem Boden. Er ließ den Kopf hängen, sodass seine blonden Locken in sein Gesicht fielen. Er zitterte am ganzen Körper und seine Augen füllten sich mit Wasser. Plötzlich zischte auch schon die Lederpeitsche von Mr Brown, einem der gefürchtetsten Erzieher, auf den Rücken von Jacob nieder.

Jacob konnte sich vor Schreck und Furcht nicht rühren. Aber dann ging er, vor Schmerzen weinend, auf die Knie und bedeckte das Gesicht mit den Händen. Die Schmerzen waren für ihn, den schmächtigen Jungen, höllisch.

»Mach dich sofort in den Schlafraum und lass dich vor morgen früh nicht mehr blicken«, sagte Mr Brown mit leiser, aber gut vernehmbarer Stimme.

Langsam erhob sich Jacob und ging die vielen Treppen bis zum Schlafsaal empor. Dort legte er sich vorsichtig auf die Seite und weinte in sein Kissen hinein.

Als die anderen Jungs kamen, setzte sich Gordon zu ihm aufs Bett, strich ihm zärtlich über den Kopf und sagte: »Es tut mir so sehr leid, dass der Brown dich bestraft hat. Du konntest doch gar nichts dafür, dass dir der Teller aus der Hand geschlagen wurde. Ich habe es genau gesehen, der Arthur war es. Danach hat er gelacht. Die anderen Jungs haben es auch mitbekommen.«

Langsam, da ihn der Rücken sehr schmerzte,

drehte sich Jacob um und sah Gordon an. »Ja, es war Arthur. Danke, dass du mir beistehst, und auch den anderen Jungs möchte ich für ihre Ehrlichkeit danken.« Jacob musste sich gleich wieder auf die Seite legen, da das Blut auf seinem Rücken durch sein Hemd sickerte. In der Nacht konnte er vor Schmerzen nicht schlafen.

Am nächsten Morgen, die Jungs begannen sich zu sammeln, um gemeinsam zum Waschraum zu gehen, da rührte sich Jacob nicht. Er war in Ohnmacht gefallen.

Als die Jungs das bemerkten, rannte Gordon los, um der Krankenschwester Bescheid zu sagen. Diese hatte ihren kleinen Krankenraum im unteren Teil des Hauses, gleich neben der Küche. Schnell nahm sie ihre Schwesterntasche und lief mit Gordon in den Schlafraum. Sie kniete sich neben Jacobs Bett nieder, der wieder aus einer kurzen Ohnmacht erwacht war, und sie untersuchte ihn, so gut es ging. Ihr Gesicht sah dabei sehr ernst aus und dann nickte sie nur kurz, bevor sie sich aufrichtete und sagte: »Es war gut, dass du mich geholt hast. Die Wunden auf seinem Rücken sind tief und können sich sehr schnell entzünden. Ich werde eine Salbe holen und Verbandsmaterial.« Dann ging sie schnell nach unten, um in kürzester Zeit wieder an Jacobs Bett zu sein. Sie nickte Gordon zu und sagte: »Geh nur, Junge, sonst bekommst du auch noch die Peitsche. Ich werde deinen Freund gut versorgen.«

»Ja, Ms, und vielen Dank.« Schnell, sich noch einmal nach Jacob umsehend, verließ Gordon den Schlafsaal.

Jacobs Schmerzen waren so heftig, dass er in den darauffolgenden Nächten kein Auge zu machen konnte.

Kam ein leises Stöhnen über seine Lippen, beugte sich Gordon über ihn, um ihn zu trösten. Dabei formten seine Lippen ein stilles Gebet.

Es vergingen mehrere Tage und Nächte, bis eines Tages – es war noch früh am Morgen, die Jungs waren gerade im Waschraum – Mr Brown vor seinem Bett stand. »Steh sofort auf und geh dich waschen«, sagte dieser in einem scharfen Befehlston.

Jacob drehte sich langsam zu Mr Brown um und richtete sich mit einem leisen Stöhnen auf. Seine Wunden auf dem Rücken schmerzten bei jeder noch so kleinen Bewegung. Aber Jacob wusste, wenn er jetzt nicht aufstand, würde Mr Brown ihn wieder schlagen.

»Aber schneller! Soll ich nachhelfen?« Mr Brown nestelte dabei an seiner Uhrenkette und schaute anschließend auf die Taschenuhr. »Es wird Zeit, dass du wieder zum Unterricht gehst«, sagte er, drehte sich um und verließ den Saal.

Jacob schlüpfte in seine Schuhe und ging langsam zum Waschraum.

Als ihn die anderen Jungs kommen sahen, hörten sie augenblicklich auf, sich weiter zu waschen. »Aber Jacob, wieso bist du hier? Geht es dir wieder besser? Kannst du denn schon aufstehen?« So riefen einige der Jungs ihm zu und umringten ihn.

»Es geht schon«, sagte Jacob und begann sich langsam zu waschen.

Als alle Jungs fertig waren, gingen sie gemeinsam in den Unterrichtsraum.

Das Lernen machte Jacob viel Freude. Er begrüßte die Stunden, die ihm Abwechslung brachten und ihn die schwere Arbeit, die sie tagsüber erwartete, vergessen ließen. An diesem Tag aber war alles anders. Einer der Jungs, ein großer, kräftiger, der oft aggressiv auftrat, sträubte sich, eine Matheaufgabe zu lösen. Stattdessen stand er auf, nahm seine Schulhefte und verließ, ohne seinen Lehrer zu beachten, den Unterrichtsraum. Jacob und die anderen lernten weiter. Der Lehrer aber verließ den Raum ebenfalls und nach einer Zeit wurden die Jungs allmählich unruhig und begannen, sich über ihren Mitschüler zu unterhalten.

Gordon, der neben Jacob saß, sagte: »Wieso macht Frederick das? Er muss doch wissen, was ihm jetzt droht.«

»Ich verstehe ihn auch nicht, denn hier im Unterricht geht es uns doch am besten, und die Lehrer sind alle gut zu uns, und besonders unser Lehrer Mr Smith. Er ist der Beste.«

Dieser Tag sowie die darauffolgenden verliefen bis auf dieses Vorkommnis recht gut für Jacob und Gordon, denn die beiden waren im Unterricht die, die all die gestellten Aufgaben am besten lösten und auch in den Fächern für Fremdsprachen und in Geschichte fleißig lernten. Von Frederick hörten und sahen die Jungs mehrere Wochen nichts mehr. Der Sommer ging langsam zu Ende und die ersten kühlen und nassen Tage begannen. Jacob war jetzt schon zwei Jahre im Waisenhaus und Gordon sein bester Freund.

Es wurde Herbst und die Jungs mussten die viele Kohle, die für das riesige Haus geliefert wurde, in den Keller tragen. Jeder von ihnen bekam einen Korb, den sie mit der Kohle füllen und hinuntertragen mussten. Viele steile durchgetretene Steinstufen führten in den Keller, der dunkel und stickig war. Jacob und ein paar andere Jungs fürchteten sich in den Tiefen des Hauses und waren immer froh, wenn sie wieder im Hof ankamen.

Endlich hatten sie es geschafft und konnten sich in den Waschraum begeben. Die Körbe waren geleert und der riesige Haufen Steinkohle war im Keller verstaut. Die Jungs standen noch im Hof, als sie plötzlich einen lauten Aufschrei vernahmen: »Es brennt! Es brennt!« Für Sekunden standen die Kinder wie erstarrt da. Aber dann kam, trotz großer Erschöpfung und verschmutzter Gesichter, Bewegung in die Kinder. Einige liefen hin und her. Die sahen zu den Fenstern des Hauses auf. Plötzlich folgten mehrere entsetzte Schreie. Einer rief: »Seht doch!« Danach riefen zwei andere Jungs: »Dort oben, seht ihr es? Dort oben!« Ein größeres Kind zeigte zum Dach des Hauses und alle sahen hinauf. Erschreckte und fassungslose Jungs standen da und konnten nicht fassen, was sie da sahen. Sie standen nur da und sahen zum Dachfenster. Gordon stand neben Jacob und rief: »Frederick, macht das nicht! Wir haben dich doch alle lieb! Bitte komm von dort herunter!« Frederick stand oben im offenen Dachfenster, zum Sprung in die Tiefe bereit. Ein kleiner Junge von etwa fünf Jahren schrie nur laut und konnte sich nicht beruhigen. Ein anderer sagte: »Er will springen! Aber es brennt doch gar nicht!«

»Nein, es brennt nicht«, rief einer der Erzieher. »Schnell, holt das Sprungtuch aus dem Geräteschuppen!« Und die Jungs rannten los.

Kaum, dass sie zum Schuppen kamen, um das rettende Sprungtuch zu holen, war auch schon alles zu spät. Frederick war gesprungen und lag blutüberströmt im Hof. Sprachlos vor Schreck und schockiert von dem, was geschehen war, umringten sie den toten Jungen.

Jacob konnte die Tränen nicht mehr aufhalten, die ihm in Strömen über das Gesicht liefen. Gordon nahm Jacob in die Arme und beide weinten leise. Nach mehr als einer Stunde mussten die Jungs den Hof verlassen und sich in den Waschraum begeben. Traurig, mit gesenkten Köpfen, kein Wort wurde gewechselt, gingen sie ins Haus. Einige Kinder konnten ihre Traurigkeit nicht verbergen und weinten laut schluchzend. Eines der Kinder fragte: »Warum hat Frederick das gemacht?« Ein anderer Junge sagte: »Er hatte so viel Angst und wusste nicht mehr, was er machen soll.«

Manche nickten nur dazu. Gordon meinte: »Ja, er hatte große Angst vor der Strafe, die ihm drohte.« »Aber was für eine Strafe hat man ihm angedroht?« Jacob sah dabei Gordon fragend an. »Diese muss sehr groß gewesen sein, sonst hätte Frederick nicht diesen Ausweg gewählt.«

Ein paar Jungs lagen einander, sich gegenseitig tröstend, in den Armen. Das Waschen ging dadurch sehr langsam. Als die Kinder in ihren Betten lagen, kamen die Polizei und die Totenkutsche, die Frederick wegbrachte. Die darauffolgende Nacht und der nächste Tag waren ausgefüllt mit Trauer. Die Kinder sprachen nur selten über das Geschehene und wenn, dann mit verweinten Augen und fragendem Blick.

Die Tage vergingen und Weihnachten stand vor der Tür. Die Jungs arbeiteten in Zweier- und Vierer-Gruppen bei Reinigung und Renovierungsarbeiten. Manche Wand wurde gestrichen, Tische und Bänke gesäubert oder repariert, die hohen Fenster im gesamten Haus geputzt und Wäsche gewaschen. Von den großen Kindern waren nicht mehr viele da, da einige von ihnen ins Ausland, nach Amerika oder auch Australien als billige Arbeitskräfte verschickt wurden. Bei den meisten, die verschickt wurden, erfuhren die Angehörigen davon nichts. Eines Tages waren die Kinder verschwunden oder angeblich verstorben. Die Dagebliebenen mussten das Treppengeländer im Hausflur reparieren, da für Handwerker kein Geld vorhanden war. Die Jungs wechselten die Holzsprossen oder setzten neue ein. Der Abschied, wenn Jungs fortmussten, fiel so manchem Kind sehr schwer und immer wieder flossen Tränen. Sie wussten alle, dass man sich nie wiedersehen würde. In der letzten Zeit wurden nicht nur ältere Kinder verschickt, auch ein paar von den kleinen mussten eine große Reise antreten. Jedes Mal, wenn Kinder zur Verschickung ausgewählt werden sollten, hatten sie alle Angst, dass es sie trifft.

Der Winter hatte Einzug gehalten, eisiger

Wind wehte und der Schnee, der am Vortag die Straßen und Wege bedeckt hatte, wurde verweht und bildete Schneehaufen vor den Eingängen und auf dem Weg zum Waisenhaus. Die Jungs mussten raus und diesen bei starkem Wind, der ihnen wie Messer ins Gesicht schnitt, von den Schneemassen befreien. Die meisten von ihnen besaßen noch nicht einmal ein Paar Handschuhe, sodass ihre Finger rot gefroren und steif wurden. Jacob und Gordon besaßen zu ihrem Glück jeder ein Paar.

Plötzlich hörte Gordon mitten im Schaufeln auf, zog seine Handschuhe von den Händen, lief zu einem der kleineren Jungs und sagte: »Robert, nimm meine Handschuhe, denn ich sehe doch, dass deine Hände langsam blau werden und du sehr frierst.« Der kleine Robert sah Gordon erstaunt an, nahm die Handschuhe und sagte: »Aber Gordon, du frierst doch dann auch an deinen Händen.«

Gordon zog Robert die Handschuhe an, da der kleine Robert mit seinen steif gefrorenen Händen es nicht schaffte, und sagte: »Es geht schon, aber du bist noch klein und frierst viel schneller als ich.« Danach arbeiteten sie weiter, fast bis in die Dunkelheit hinein, da es einfach nicht aufhören wollte zu schneien.

Als sie es endlich geschafft hatten, die Dunkelheit die Sicht nahm und es zu schneien aufhörte, durften sie zum Auskleiden und Waschen ins Haus gehen. Das Zittern und Zähneklappern nahmen kein Ende. Alle Kinder, ob große oder kleine, konnten sich kaum erwärmen. Einige der kleinen Kinder wurden danach krank und mussten ihr Bett hüten. Jacob und Gordon hatten die große Kälte gut verkraftet und waren gesund geblieben.

Heiligabend war da, und die Jungs durften ihre beste Kleidung aus ihren Spinden holen und anziehen. Jacob besaß noch gute Kleidung, die ihm ab und an durch einen der Betreuer übergeben wurde. Diese Kleidung wurde durch hinterlegte Gelder finanziert, die aus dem Erbe der Eltern und Großeltern stammte. Dies erfuhr Jacob von einem der Erzieher. Jacob trug eine warme graubraune Stoffhose mit einer passenden Weste und einem warmen Hemd darunter. Dicke Strickstrümpfe mit hohen Schuhen und einem braunen Wintermantel mit Fellkragen konnte er sein Eigen nennen. So war es auch bei Gordon, der ebenfalls aus einem reichen Elternhaus stammte. Auch er hatte warme, gut aussehende Kleidung. Es waren mehrere Kinder, die statt ihrer besseren Kleidung nur ihre alltägliche, schon sehr abgenutzte anzogen. Diese hatten sie vorher zum Waschen abgegeben, sodass sich auch diese Kinder zum Kirchgang einreihen durften. Ein Junge, George, hatte ein Loch in seiner Hose. Er versuchte es zu verdecken, indem er seine Hand davorhielt, damit der Erzieher es nicht bemerkte. Aber es war umsonst, denn ein lauter Ruf schallte durch den Schlafraum: »George, sofort zu mir!«

Zitternd und mit gesenktem Kopf lief er zu Mr Brown, blieb vor ihm stehen und wagte nicht aufzublicken.

»Was soll das? Was hast du mit der Hose gemacht?«, schrie Mr Brown und seine Peitsche traf Georges Kopf. Dieser sackte daraufhin mit einem Stöhnen zusammen.

Jacob musste sich wegdrehen, denn er konnte es nicht mit ansehen, wie George geschlagen wurde. Dabei dachte er: *George kann doch nichts für seine kaputte Hose. Eine neue hat er nicht, denn er ist sehr arm, nicht so wie ich und Gordon.*

Da hob Jacob abrupt seinen Kopf, lief zu seinem Spind und entnahm ihm eine seiner letzten noch guten Hosen. Schnell lief er zu Mr Brown und sagte: »Mr Brown, die Hose ist für George, dann kann er seine alte ausziehen.«

Der Erzieher stand nur da und starrte Jacob an. Dann drehte er sich um und ging aus dem Schlafsaal.

George erhob sich langsam. Über seinem rechten Auge hatte er eine Platzwunde, die sehr blutete, lächelte Jacob aber dankbar an. Schnell halfen die anderen Kinder George beim Umkleiden und Reinigen seines Gesichts. Die Tür zum Schlafsaal ging auf und Mr Brown, der Betreuer Mr Wilson und alle Lehrer begleiteten die Jungs zur Weihnachtsmesse in die nahe gelegene Kirche. Der Schnee war zum größten Teil wieder weggetaut. Immer in Zweierreihe gingen sie bis zu ihren vorgeschriebenen Sitzreihen in die Kirche. Gordon und Jacob, die beiden waren unzertrennlich geworden, saßen auch hier zusammen und lauschten den Ausführungen des Predigers. Als dieser zu Ende gepredigt hatte, kam plötzlich Lehrer Smith zu Jacob und sagte: »Mein lieber Junge, wir haben ein Problem. Der Sänger, der immer das ›Ave Maria‹ singt, ist ausgefallen, und du könntest einspringen. Ich weiß, du kannst es. Würdest du dir das zutrauen?«

Jacob war für einen Moment sprachlos, aber dann kam Leben in ihn und er sprang auf und ging nach vorn zum Altar. Der Kirchenmusiker nickte erfreut und gab Jacob den Text.

Ohne Begleitung auf der Orgel, aber ganz kurz den Ton angebend und ganz auf sich gestellt, nur mit seiner Stimme, begann Jacob das Lied zu singen, das jedes Weihnachten erklang.

Seine reine wunderschöne Stimme verzauberte alle, die zum Weihnachtsgottesdienst in der Kirche saßen. Als er endete, war erst kein einziger Laut zu hören, bis dann endlich Leben in die

Menschen kam und sie zu klatschen begannen. Normalerweise wurde niemals in der Kirche geklatscht, aber dieses Mal war alles anders.

Jacob setzte sich wieder zu Gordon, dieser sagte: »Das war wieder so schön. Deine Stimme ist, wie wenn ein Engel singt. Jacob, du musst für uns Jungs öfter mal singen.«

Jacob durfte vorne im Altarraum stehen und singen. Das war für ihn wie eine Befreiung und er war einfach nur dankbar, singen zu dürfen. Sein Herz wurde dabei so ruhig und er stellte sich vor, dass Mutter und Vater auf ihn schauten. Er fühlte sich nicht alleingelassen, sondern von Engeln getragen. Das Lied war zu Ende gesungen, er wünschte sich, es dürfte niemals zu Ende gehen.

Nach diesem Tag war wieder alles so, wie es vorher gewesen war. Jacob hatte Sehnsucht nach den Eltern und Großeltern und auch die Gedanken an seine kleine Schwester kamen immer wieder auf. Die Tage im Heim waren schwer und manches Mal gingen sie einfach nicht vorbei. Immer wieder fragten sich die Kinder untereinander, welche Strafe Frederick wohl bekommen hätte. War sie so sehr schlimm? War Fredericks Aufsässigkeit gegen die Lehrer und Erzieher der Grund? Oder gab es da noch mehr? Sie wussten es nicht. Jacob fragte eines Tages: »Haben auch schon andere Jungs sich das Leben genommen, weil sie Angst vor einer Bestrafung hatten?« Sie wussten es alle nicht. Auch Gordon hob nicht wissend seine Schultern.

Kapitel 3

Scarlett im Haus der Austins, 1914 bis 1917

»Scarlett, bist du fertig?«, rief Rebecca.

»Ich komme schon!«

»Hast du dir auch die Hände gewaschen?«

»Ja, Rebecca!« Und schon flog die Tür des Badezimmers auf und die kleine Dame stand vor Rebecca. Diese nahm sie hoch und küsste sie liebevoll auf die Stirn.

»Wir gehen heute hoch zum Dachzimmer und ich werde dich das Spiel auf der Geige lehren, denn du bist jetzt im richtigen Alter«, sagte Rebecca.

»Und wenn uns Lady Austin dabei erwischt? Was sagen wir ihr dann?«

»Meine Kleine, die erwischt uns nicht, denn sie interessiert sich nicht dafür, was wir tagsüber gemeinsam unternehmen. Die Lady ist froh, dass sie sich nicht um dich kümmern muss«, sagte Rebecca und strich Scarlett dabei über das lockige Haar.

Viele Treppenstufen führten nach oben. Erst waren sie noch breit, aber je höher die beiden stiegen, umso schmaler und steiler wurden sie. Endlich hatten sie es geschafft und das Dachzimmer erreicht. Rebecca öffnete die Tür, die ein quietschendes Geräusch von sich gab, und ein heller Sonnenstrahl nahm für einen Augenblick die Sicht ins Zimmer. Kleine Staubteilchen schwebten darin. Dann traten beide ins Zimmer, in dem ein breiter, schon in die Jahre gekommener Schrank stand, der bis unter die niedrige Decke reichte. Ein Bücherregal voll mit alten Büchern sah man gegenüber, und in der Mitte befand sich ein runder Tisch, auf dem eine große bunte Vase stand und verstreut Zeichnungen lagen. Vier Holzstühle mit Armlehne umrundeten den Tisch. In der rechten Ecke, am Fenster, lag eine Geige auf dem Fenstersims, und eine Staffelei mit einem hohen Holzstuhl stand davor.

»Das ist mein Lieblingszimmer, denn hierher komme ich, wenn mir nach Lesen, Musizieren oder Malen ist. Das ist wie Nach-Hause-Kommen«, sagte Rebecca und war dabei ganz versunken, denn ihr Blick ging dabei träumerisch zum Fenster hin. Wahrscheinlich kamen ihr Erinnerungen an bessere Zeiten in den Sinn, aber schnell besann sie sich wieder und sagte: »Liebes Kind, komm, wir versuchen es mit dem Musizieren. Vielleicht bist du ein wenig begabt und lernst es.« Rebecca schloss die Tür und ging auch gleich auf die Geige zu.

So begann es, dass Scarlett das Geigenspielen erlernte, aber nicht nur dies, sie lernte auch das Schreiben, Lesen und Rechnen. Ab und zu durfte sie auch an die Staffelei und ihre Anfänge im Malen machen.

Rebecca lehrte Scarlett, die Bibel zu verstehen, und so manchen Tag lasen sie darin. Außerdem lehrte Rebecca sie die französische Sprache und auch Latein. Schnell beherrschte das Kind alles Wichtige.

Das Geigenspiel konnte Scarlett in kürzester Zeit, und sie spielte mit Begeisterung. Sie begann mit viel Feingefühl und Respekt vor dem Instrument. Mit ihren noch kleinen und zarten Fingern, aber mit viel Konzentration wurde es von einer Übungsstunde zur anderen immer besser. Es war an einem trüben und regnerischen Nachmittag, ihre Lernstunde war zu Ende, da begann sie selbstständig, sich die Geige nehmend, eins ihrer gelernten Musikstücke zu spielen. Rebecca befand sich zu dieser Zeit im Untergeschoss des Hauses, um für die Herrschaften aus deren Bibliothek einige Bücher zu holen. Die beiden Eheleute, Mr Austin und seine Gattin, waren begeisterte Leser. Scarlett begann ganz allein, ohne Anweisungen und Hilfestellungen, zu spielen. Als sie das Instrument im Arm hielt und an ihr Kinn drückte, kam ein Strahlen über ihr Gesicht.

Sie spielte erst etwas zaghaft, aber dann mit einer inneren Liebe und Zartgefühl, dass man es dem Spiel anmerkte.

Rebecca, die in diesem Moment vor der Tür zum Dachbodenzimmer ankam und Scarletts Geigenspiel vernahm, blieb wie angewurzelt vor Staunen und Verzücktheit stehen und lauschte.

Es vergingen drei ausgefüllte und glückliche Jahre, da die Herrschaften sie nie in ihren Aktivitäten störten oder diese untersagten. Die Zeit, die Rebecca für die Dame des Hauses benötigte, wie zum Beispiel, ihr beim Einkleiden behilflich zu sein, das Haar zu kämmen oder ein Buch vorzulesen, verging immer schnell. So konnte sie sich genügend um Scarlett kümmern.

Aber nach den drei Jahren wurde alles anders. Die Herrschaften Austin waren mit der Gegenwart des Kindes nicht mehr zufrieden und beschlossen, als Scarlett in ihrem 8. Lebensjahr war, sie wieder an die Abbey in Buckfastleigh abzugeben. Die Gelder aus Scarletts Erbschaft wurden aus einem unerklärlichen Grund eingefroren und waren daher für die Austins nicht mehr attraktiv. Rebecca, die die Gegenwart Scarletts sehr vermisste, verließ die Herrschaften und suchte sich eine andere Anstellung. Aber bevor sie sich von der kleinen Scarlett trennte, schenkte sie ihr zum Andenken ihre Geige, welche sie in eine alte abgenutzte Tasche steckte.

So verloren sie sich für viele Jahre aus den Augen.

Aber ein bestimmter Bibelvers hatte sich bei Scarlett eingeprägt:

Freut euch und klatscht in die Hände, alle Völker! Lobt Gott mit lauten Jubelrufen!

Denn der Herr ist der Höchste, ein großer König über die ganze Welt.

Denn diesen Vers hatten Rebecca und Scarlett in ihrer glücklichsten Zeit gemeinsam gelesen.

Kapitel 4

Zwei unzertrennliche Freunde,
1917 bis 1937

Weihnachten war vorbei und das neue Jahr brachte neuen Schnee und neue Kälte.

Einige Jungs aus dem Waisenhaus wurden in die großen Betriebe der Stadt gefahren und mussten dort schwere Arbeiten verrichten. Die anderen durften abwechselnd den großen Kohleofen füttern. Der einzige Heizer, der dies eigentlich konnte, lag mit einer schlimmen Erkältung im Bett. Für manche der Jungs war das eine schwere Arbeit, vor allem für die kleinen und schwachen. Auch für Jacob war es nicht gut, da er sich in der letzten Zeit kränklich fühlte. Aber Gordon übernahm heimlich seine Arbeiten im Keller.

Die Kinder waren abends sehr müde und fielen erschöpft in ihre Betten. Manche von ihnen hätten am nächsten Morgen verschlafen, aber die anderen Jungs achteten darauf, denn sie wussten, auch sie würden sonst eine Strafe bekommen.

Es kam dann alles noch ganz anders. Der neue Tag begann schon eigenartig. Ein paar Jungs, auch Jacob und Gordon, wurden von Mr Brown sehr zeitig am Morgen geweckt und zum Heizen in den Keller geschickt. Sich die Augen reibend und gähnend standen sie auf und zogen ihre Arbeitsanzüge an. Erst nach ihrer Arbeit durften sie zum Waschen und Frühstücken gehen. Bei manch einem knurrte der Magen, aber die Arbeit ging vor. Gordon konnte an diesem Tag Jacobs Arbeit nicht mit übernehmen, da Mr Brown sie überwachte.

Trotz dessen strengen Blicks traute sich Gordon zu fragen: »Mr Brown, warum müssen wir vor dem Frühstück in den Keller und heizen?«

Das Gesicht des Erziehers wurde sofort rot und ein zorniger Ausdruck trat in seine Augen. Dann stemmte er seine Hände in die Hüften und schrie Gordon an: »Was fällt dir ein? Mach, dass du in den Keller kommst!«

Schnell machten sich die Jungs, sie waren zu fünft, auf den Weg. In der Tiefe des Kellers begannen sie mit dem Befüllen des riesigen Kessels, und einer der größeren Jungs durfte das Feuer entzünden. Die vier Jungs, auch Gordon und Jacob, standen etwas entfernt vom Kessel, als es plötzlich einen großen, ohrenbetäubenden Knall gab und der Keller in einer Rauchwolke versank. Schreiend rannte der große Junge, John, durch den Keller an den Jungs vorbei zum Ausgang. Dabei sahen diese, dass John brannte, und alle rannten ihm nach. John stolperte und fiel dabei auf die Treppenstufen und bewegte sich hin und her. Er versuchte somit, das Feuer an sich zu löschen. Dabei schrie John und schrie. Gordon, der seine Arbeitsjacke ausgezogen hatte, bückte sich über ihn und versuchte damit die Flammen zu löschen. Gordon schlug auf Johns Rücken. Immer wieder. Plötzlich gab John keinen Laut mehr von sich.

Gordon schrie Jacob und die anderen Jungs an: »Schnell, holt Hilfe für John und Wasser zum Löschen. Der Kellerraum brennt, wir müssen löschen!« Gordon war außer sich. Dann rief er: »Wir müssen hier raus! Schnell, es brennt immer mehr!«

Die zwei Jungs und Jacob standen wie erstarrt und kamen nur ganz langsam in Gang, denn der Schock war zu groß. »Ich kann nicht, ich kann nicht. Wir müssen aber John helfen!«, rief Jacob dabei weinend. Gordon rief, und dabei bückte er sich wieder über John: »Fasst mit an, wir müssen ihn nach oben bringen. Schneller, wir müssen uns beeilen!« Gemeinsam nahmen sie John an dessen Armen und Beinen und trugen ihn nach oben. Schwer atmend, aber auch tränenreich und mit Ruß geschwärzt gelangten sie in den Hof. Sie legten das arme Kind langsam ab und schauten mit gesenkten Köpfen auf John herab. Einer der vier Jungs begann plötzlich laut zu schreien, so dass Gordon ihn spontan umarmte. Beide weinten gemeinsam um ihren Kameraden und Freund. Als sie aufblickten, standen noch andere Kinder um sie herum und trauerten mit ihnen. Jacob blickte zum Keller und sah, dass die Flammen immer höher schlugen. Sie reichten jetzt schon bis zur Kellerdecke. Über dem Keller befanden sich die Küche und der Speisesaal. Jacobs Herz klopfte wild, sein ganzer Körper bebte und die Augen brannten. Seine Hände wiesen Schwielen und Blasen auf, aber er ließ es sich nicht anmerken.

Das Feuer konnte von den Kindern nicht mehr gelöscht werden. Mittlerweile waren alle Heimkinder auf dem Hof vor dem Kellereingang zusammengelaufen, liefen hin und her und dabei schrien sie durcheinander. Alle waren aufgeregt. Mr Brown rannte wie ein aufgescheuchter Löwe umher und fuchtelte dabei mit seinen Armen. Die anderen Erzieher und Lehrer sowie der Direktor des Hauses standen machtlos auf das Feuer blickend und warteten auf die Feuerwehr. Indessen kamen die Flammen auch schon aus den Fenstern der Küche und dem Speisesaal. Der arme John wurde im Hof auf eine ausgebreitete Decke gelegt und von der Krankenschwester und den beiden Köchinnen untersucht, denn der Arzt ließ auf sich warten. Als die Frauen den Jungen behutsam auf die Seite legten, sahen sie, dass John den Brand nicht überlebt hatte. Schockiert sahen sie sich an. Die jüngere der Köchinnen begann laut zu schreien und unter Tränen sagte sie: »Das ist John, mein einziger Bruder.« Sie fiel auf die Knie und weinte ununterbrochen. Die Krankenschwester zog sie auf ihre Beine, legte ihren Arm um sie und führte das arme, weinende Küchenmädchen mit sich mit zu einer kleinen, am Rand des Gartens stehenden Bank.

Der Direktor rief plötzlich laut, so dass auch die Jungs es hörten: »Wie konnte das passieren? Die Jungs haben es verursacht! Die müssen sofort bestraft werden!« Dabei drohte er mit erhobenem Zeigefinger und hochrotem, zornigem Gesicht.

Es dauerte recht lange, bevor die Feuerwehr kam und das Feuer zu löschen begann. Der Keller mit dem großen Heizkessel war vollkommen ausgebrannt. Auch die Küche, welche sich über dem Heizkeller befand, war nicht mehr zu benutzen. Nur der Speisesaal konnte noch betreten werden, musste aber vorher einer Großreinigung unterzogen werden.

Gleich nach der Feuerwehr kam auch der Arzt, um den armen John zu untersuchen. Er deckte John mit einer schwarzen Wolldecke zu.

Jacob, wie auch alle anderen Kinder, sahen dies mit Grauen.

Gordon sagte laut, so dass es fast alle gut hören konnten: »Unser Herrgott im Himmel wird John bei sich aufnehmen. Bei ihm wird er es gut haben und nichts mehr vermissen. Er wird glücklich sein.« Einige der Jungs nickten stumm dazu.

An diesem Tag gab es für alle Kinder kein Essen mehr. Auch in den darauffolgenden Tagen gab es nur Brot und ein wenig Fett dazu.

Die Strafe ließ nicht lange auf sich warten.

Drei Tage nach dem Brand wurden die vier Jungs zum Direktor zitiert. Dieser saß auf einem imposanten Ledersessel an seinem breiten, fast schwarzen Schreibtisch und sah den eintretenden Kindern entgegen. Dann erhob er sich und stützte seine Arme auf die Schreibtischplatte und sagte in einem scharfen Ton: »So, meine lieben Freunde, ihr habt es auf die Spitze gebracht. Ein Toter und das halbe Haus in Brand gesteckt. Ihr geht und packt eure Habseligkeiten zusammen und erscheint auf dem Vorplatz. Ihr werdet mit dem Pferdewagen zum Bahnhof gebracht und anschließend werdet ihr, in Begleitung von Mr Wilson, nach Southampton fahren. Von dort geht ein Schiff nach Richmond in Virginia. Ihr bekommt ein neues Zuhause und ihr werdet arbeiten. Macht, dass ihr wegkommt, verschwindet!«, schrie er.

Als Jacob das hörte, hatte er das Gefühl, als müssten seine Beine in diesem Augenblick zusammenbrechen, und ein Schauer der Verzweiflung lief über seinen Rücken. Dann blickte er zu Gordon, in seinen Augen sah er Angst. Die anderen Jungen weinten leise und einer murmelte: »Wir müssen in ein fremdes Land. Ich habe solche Angst.«

»Seid ihr endlich fertig mit eurem Gejammer? Macht euch in den Schlafraum und packt!«, schrie der Direktor.

Langsam gingen die vier hinaus und stiegen die Treppe zum Schlafsaal empor. Dabei sagte Gordon: »Ich weiß, dass mein Erlöser lebt. Er wird uns beschützen auf unserm Weg nach Amerika. Wir müssen uns nicht fürchten.«

Dann sah Jacob, wie Gordon schneller lief und sein Gesicht nicht mehr so traurig blickte. Das gab auch ihm Kraft und die Angst war nicht mehr so groß.

Die Überfahrt nach Amerika geschah im Winter und nicht nur einmal mussten sie einen Sturm über sich ergehen lassen. Sie kamen gut, aber abgemagert und von Erkältung geplagt in Richmond an. Etwas zum Essen bekamen sie auf dem Schiff nur einmal am Tag, und das war für Kinder, die noch im Wachstum waren, viel zu wenig.

Vom Hafen wurden sie mit einem Automobil abgeholt und zu einem etwas außerhalb der Stadt liegenden Grundstück gebracht. Mehrere Holzhäuser standen darauf und eine Gruppe von Jungs in ihrem Alter, aber auch ältere Kinder erwarteten sie bereits. Die Jungs waren sehr nett, aber alle sehr dünn, denn man konnte unter ihrer verschmutzten Kleidung die Knochen sehen. In dem Holzhaus, das von nun an ihr neues Zuhause sein sollte, roch es muffig und faulig. Es war auch recht dunkel, denn Licht und frische Luft kamen nur durch die Haustür in den großen, breiten Raum. Ein Waschraum befand sich in einer angrenzenden Holzhütte. Überall war es kalt. Einer der Jungs zeigte ihnen ihre Liegen und den dazugehörigen Eisenschrank.

Ein lauter Pfeifton ertönte und alle liefen schnell in eine Richtung. Sie liefen mit den anderen Jungs mit. Als sie ankamen, sahen Jacob, Gordon und die zwei anderen Jungs ein etwas größeres Gebäude, in dem sich die Küche und ein Speiseraum befanden. All die Jungs waren sehr schnell beim Essenholen. Die Speisen befanden sich in großen Schüsseln, welche auf länglichen Tischen standen. Sie rempelten sich gegenseitig an und schubsten. Einer fiel sogar zu Boden. Zwei andere begannen sich zu schlagen, so dass ein großer kräftiger Herr mit einem Schlagstock dazwischenging und auf sie einschlug. Dann wusste es Jacob, warum sie so schnell ihr Essen holten. Es gab sehr wenig für so viele Jungs. Gordon und Jacob sowie die zwei anderen Jungs sahen nur zu, ohne sich etwas zu holen. Als sie dann endlich losliefen, war nichts mehr da.

So begann der erste Tag in Amerika. Die vier gingen hungrig zu Bett. Jacob konnte nicht einschlafen, denn es gingen ihm viele Gedanken durch den Kopf. Er dachte an sein Zuhause in England, an seine Großeltern und seine Eltern, die er nur noch schemenhaft in Erinnerung hatte, und dann dieser Hunger. Tränen liefen ihm übers Gesicht.

Am nächsten Tag war es wie am Vortag, aber mit dem Essenholen waren sie schlauer und beeilten sich. Sie bekamen etwas, es war nicht viel, aber sie waren ein wenig gesättigt. Danach wurden alle Jungs auf einen Lastwagen verfrachtet und in die nahe gelegene Stadt gefahren. In einem großen Lagerhaus mussten sie Kisten schleppen und auf Lastwagen hieven. Andere Jungs wurden zum Hafen gefahren und mussten dort die Schiffe mit Frachten beladen. Alles schwere Arbeiten für Jungs, die noch Kinder waren.

An den darauffolgenden Tagen mussten auch Jacob und Gordon in den Hafen und dort schwere Arbeiten verrichten. So ging es Woche für Woche.

Einmal in der Woche durften sie lernen. Ein großer Unterrichtsraum stand dafür zur Verfügung.

»Endlich wieder lernen«, sagte Gordon.

»Ja, ich bin auch froh darüber, denn nur arbeiten, das kann ich nicht. Das Lernen macht mir mehr Freude, und meine Gedanken werden damit in eine normale Richtung gelenkt.«

»Du hast recht, mir geht es auch so.«

»Gordon, wollen wir uns wieder Bücher besorgen und heimlich lernen?«

»Wann sollen wir denn lernen? Die Arbeitszeit geht von früh bis spät.«

»Vielleicht an den Sonntagen nach dem Gottesdienst und dem Essen.«

»Ja, das wäre eine Möglichkeit. Gut, dass wir zum Gottesdienst gehen dürfen und alle Jungs mitgehen.«

Schon am nächsten Tag, es war ein Sonntag, die anderen Jungs in ihrer Baracke schliefen noch, schlichen sich Jacob und Gordon zum großen Haus, dorthin, wo sich die Küche, der Speiseraum und die Unterrichtsräume befanden. Beide wussten, dass es neben den Unterrichtsräumen eine kleine Bibliothek gab. Diese war bis unter die Decke vollgestopft mit Büchern. Sogar auf dem Fußboden lagen sie verstreut, sodass die Jungs aufpassen mussten, nicht zu stolpern und dabei Aufmerksamkeit zu wecken.

Es war gut, dass zu dieser sehr frühen Morgenstunde Vollmond war und sie sich sicher durch die Räume bewegen konnten, ohne Geräusche zu verursachen. Schnell erreichten sie die Bibliothek und konnten sich durch den Mondschein, der durch das hohe schmale Fenster schien, vier der Bücher suchen, von denen sie wussten, dass sie daraus lernen konnten. So lautlos und schnell, wie sie zur Bibliothek gekommen waren, so schnell waren beide wieder in ihren Betten.

Es war ihr Glück, denn kaum lagen sie, erschall der Weckruf.

Es dauerte nicht sehr lange, da hatten sie die Bücher in sich aufgenommen, und sie mussten sich neue holen. Es fiel nie auf, und so lernten sie heimlich im Bett oder bei Ausgängen, die sie sonntags bekamen. Meistens gingen sie gemeinsam zum Hafen oder zum städtischen Park, der sich auf der kleinen Insel im James River befand, der Belle Isle, oder von dort auch zum Science Museum of Virginia. Dort konnten sie unbeobachtet lernen und studieren. Diese Freiheiten genossen sie sehr.

So vergingen für die Freunde viele Jahre, die von schwerer körperlicher Arbeit und dem heimlichen Studieren geprägt waren.

Gordon war im 16. Lebensjahr angekommen und Jacob wurde 14 Jahre alt, da beschlossen beide, sich auf die Suche nach Jobs zu machen. Sie waren beide unglücklich mit den Bedingungen, die in ihrer Unterkunft herrschten. Die schwere Arbeit, wenig Essen und kaum Verdienst machten den jungen Menschen das Leben kompliziert.

Sie wollten frei sein und dachten über eine Flucht nach.

»Aber Gordon, werden wir es schaffen, allein und ohne viel Geld? Das wenige, das wir verdient haben, wird noch nicht einmal für eine Unterkunft reichen.«

»Jacob, mach dir keine Gedanken. Wir werden, bevor wir uns auf den Weg ins Ungewisse machen, zum Herrn, unserem Gott, beten und ihn bitten, dass er uns den richtigen Weg zeigt und einen Schutzengel schickt. Dann wird alles gut. Ich weiß es«, sagte Gordon und schloss Jacob in seine Arme.

In einer sternenklaren Nacht, die anderen Jungs schliefen fest, packten sie heimlich ihre Habseligkeiten und schlichen vom Gelände. Gordon schnitt den Draht vom Zaun mit einer Drahtschere durch und sie krochen auf allen vieren aus ihrem Gefängnis. Die Schere hatte er heimlich von seiner Arbeitsstelle mitgenommen. Sie liefen in die große Stadt.

»Wo können wir hingehen?«, fragte Jacob und

Gordon sagte: »Ich habe schon lange eine Idee. Wir gehen in den Park, und sobald es hell wird, suchen wir uns eine Arbeit. Mit unserem Verdienst werden wir eine Unterkunft bekommen und dann, wenn wir genug verdient haben, gehen wir zur Universität und beginnen zu studieren.«

Für einen Augenblick war Jacob sprachlos, aber dann kam ein Jubelschrei aus seinem Mund, denn das war es, was auch er so gern machen wollte: studieren. Stürmisch umarmte er Gordon, der dabei laut lachen musste, und so gingen sie beschwingt weiter.

Bei einem Großhändler für Tabakwaren, einem der bekanntesten der Stadt, Rohtabak Universal Cooperation, bekamen beide eine gute Anstellung als Warenverpacker und verdienten gut. Somit konnten sie sich innerhalb weniger Wochen eine Unterkunft suchen.

Die kleine Wohnung bestand aus einem größeren und einem kleineren Raum sowie einer Koch- und einer Waschecke. Eine Toilette hatten sie gemeinsam mit anderen Hausbewohnern in der unteren Etage. Ihre Wohnung war in der zweiten Etage und hatte einen eigenen Eingang.

Es war ein älteres Wohnhaus und befand sich in der Mitte der großen Stadt. Mit einer Straßenbahn direkt vor der Tür erreichten sie bequem ihre Arbeitsstelle.

So vergingen für Jacob und Gordon weitere

drei Jahre, in denen sie sich mit ihren fleißigen Händen etwas schufen. Jacob konnte sich aufgrund seiner mathematischen Kenntnisse hocharbeiten und bekam eine Anstellung in einem der Büroräume für Absatz des Tabakgroßhandels.

Er durfte trotz seines jungen Alters diese Arbeit übernehmen. Auch Gordon bekam eine Arbeit in einem der Büros, welche zur Geschäftsführung zählten, und somit dem Besitzer des Unternehmens direkt unterstellt waren.

Bald hatten sie genug Geld beisammen, um ihr Studium zu finanzieren, das sie parallel zu ihren Jobs absolvierten. Ab da gab es keine Freizeit mehr.

Gordon studierte Recht und Jacob Bankwesen.

Eines Tages trat Jacob an Gordon heran und fragte:

»Mein lieber Freund, in der kommenden Woche sind wir beide mit unserem Studium fertig. Was gedenkst du zu machen, bleibst du im Tabakgeschäft?«

Jacob war im 22. Lebensjahr und Gordon im 24. Lebensjahr. Beide waren mit dem Ende ihres Studiums noch sehr jung.

»Nein, Jacob, ich werde mich bei einem Rechtsanwaltsbüro bewerben. Ich hoffe und wünsche mir, dass sie mich nehmen. Willst du dich auch verändern?«

»Aber ja, ich versuche mein Glück in der Federal Reserve Bank.«

»Das würde ich an deiner Stelle auch machen, denn du mit deinem sehr guten Studienabschluss kannst mit einer Anstellung rechnen.«

»Danke, lieber Gordon, aber auch du hast einen sehr guten Abschluss geschafft. Wir können beide sehr stolz auf unsere Leistungen sein.«

Sowohl Jacob als auch Gordon bekamen ihre Anstellung, und innerhalb weniger Jahre waren sie an der Spitze ihrer Kariere angelangt.

Man schrieb das Jahr 1937.

Gordon ging in die Politik und bekam einen Arbeitsplatz im Virginia State Capitol, und Jacob wurde Bankdirektor der Federal Reserve Bank.

Jacob begann in dieser Zeit immer wieder von England und seinem einzigen Zuhause zu erzählen.

»Gordon, ich habe diese Sehnsucht, die ich bald nicht mehr unterdrücken kann. Du weißt doch, ich hatte eine kleine Schwester, ich muss unbedingt wissen, ob sie noch lebt und wo sie ist. Ich habe nur eine dunkle Erinnerung an meine kleine Scarlett und entsinne mich, dass sie dunkles, leicht gerötetes lockiges Haar hatte, das ihr bis auf ihre Schultern fiel. Ich erinnere mich auch an mein früheres Zuhause in Plymouth, West England, dort hatten meine Eltern und Großeltern ein großes Anwesen. Ich muss nach England.«

Gordon nickte und sagte: »Ich glaube, mein lieber Jacob, dein trauriger Blick in der letzten Zeit hat mir gesagt, dass du Sehnsucht hast. Aber auch mir geht es so, ich bin schon lange bereit, wieder nach England zu reisen und meine Familie zu suchen. Ich habe das Bedürfnis zu erfahren, warum man mich in ein Waisenhaus brachte, denn ich kann mich entsinnen, aus einer reichen Familie zu stammen, und dass mein Vater nach dem Tod meiner geliebten Mutter eine neue Frau heiratete, die nicht gut zu mir war.«

Kapitel 5

Scarlett zurück in der Buckfast Abbey,
1917 bis 1936

Als Scarlett im Auto saß, wusste sie noch nicht, wohin sie gebracht wurde.

Nach einer ganzen Weile sah sie in der Ferne ein großes, ihr bekanntes Gebäude auftauchen. Erinnerungsfetzen schwirrten ihr durch den Kopf. Ihre Hände zitterten und sie fror plötzlich. Scarlett ahnte, dass das neue Zuhause nicht angenehm werden würde.

Am Eingang zur Buckfast Abbey stand eine Zisterzienserschwester und nahm Scarlett in Empfang. Die Schwester mit ihren gutmütigen Augen trug eine knöchellange weiße Tunika mit einem schwarzen Skapulier. Um ihre Taille hatte sie ein schwarzes Tuch. Sie half Scarlett beim Aussteigen und nahm ihren kleinen Koffer. Der Chauffeur nahm ihre große Reisetasche. Die Schwester stellte sich als Schwester Dorothee vor und strich Scarlett dabei liebevoll über den Kopf. »Wie heißt du denn, mein liebes Kind?«, fragte sie.

Scarlett atmete erleichtert auf und sah die Schwester mit ihren großen dunkelgrünen Augen dankbar an. »Liebe Schwester Dorothee, ich heiße Scarlett und bin sieben Jahre alt.«

Schwester Dorothee nickte ihr mit einem Lächeln zu, nahm sie an die Hand und gemeinsam liefen sie einen langen schmalen dunklen Gang entlang. Sie kamen an vielen geschlossenen Türen vorbei. An einer von ihnen blieb die Schwester stehen, schloss sie auf und sagte: »Liebes Kind, dieses Zimmer ist jetzt deins. Komm, ich helfe dir noch beim Auspacken und danach zeige ich dir den Waschraum. Wenn du fertig bist, werde ich dich hier wieder abholen und wir gehen gemeinsam zur Kapelle und zum Speiseraum. Bis dahin haben wir noch eine Stunde Zeit. Hab keine Angst, ich werde dir beistehen, wenn du Fragen hast.«

Scarletts neues Zuhause war ein schmales kleines Zimmer mit einem eisernen Bett auf der rechten Seite, über dem ein dunkles Holzkreuz hing. Gegenüber stand ein kleiner Tisch mit einem einfachen Holzstuhl. Neben der Eingangstür stand ein schmaler Schrank und gegenüber befand sich ein kleines Fenster, durch das ein wenig Licht schien.

Es ist so kalt, es ist so eng, werde ich mich hier zu Hause fühlen können?, dachte sie.

Tränen schossen ihr in die Augen, denn sie

musste an die schöne Zeit mit Rebecca denken. Schnell wischte sie die Tränen wieder weg und nahm sich frische Kleidung aus ihrer Reisetasche. Als sie gerade fertig war, kam auch schon Schwester Dorothee und half ihr beim Auspacken der restlichen Sachen. Dabei erzählte sie von ihren Mitschwestern und wie sich Scarlett ihnen gegenüber verhalten sollte, um nicht in einem ungünstigen Licht zu erscheinen. Sie meinte, dass einige der Schwestern etwas schwierig seien und mit Kindern nicht umgehen könnten. Dann sagte sie noch: »Wenn du Kummer hast, dann komm zu mir. Ich werde dir helfen und dir bei allen Schwierigkeiten beistehen.« Dabei lächelte sie und nickte.

Scarlett fühlte sich in ihrer Nähe wohl und geborgen. Sie spürte, dass Schwester Dorothee gütig war und sie sich auf sie verlassen konnte. Dann erzählte die Schwester noch, dass Scarlett das einzige Kind in der Abbey sei und dass auch in Zukunft keine mehr aufgenommen würden. Sie glaube, der Grund, weshalb Scarlett aufgenommen wurde, seien die vielen Spenden, die ihre Großeltern zu ihren Lebzeiten an die Abbey entrichtet hatten.

»Waren meine Großeltern denn so reich? Bekommt das Kloster auch jetzt noch Geld?«, fragte Scarlett erstaunt.

»Das weiß ich leider nicht«, sagte die Schwester und zuckte mit den Schultern.

»Ich glaube, es wird so sein, denn sonst hätten sie mich nicht hier aufgenommen.«

»Ich werde es noch erfahren, zweifle aber doch etwas daran, denn die Austins bekamen kein Geld mehr, und deswegen haben sie dich hierhergebracht«, antwortete Dorothee.

Nachdem sie ein paar Sachen im Schrank hatten verstauen können, denn alles ging nicht hinein, und den Rest in der Reisetasche gelassen hatten, verließ Dorothee das Zimmer mit den Worten: »Ruh dich ein wenig aus. Ich komme in einer halben Stunde wieder und dann gehen wir zusammen in die Kapelle.«

In den darauffolgenden Tagen bekam Scarlett nach und nach auch die anderen Schwestern zu Gesicht. Bis auf eine, Schwester Elsa. An Elsa konnte sich Scarlett noch etwas erinnern und diese Erinnerung war nicht die beste. Scarlett fürchtete sich vor dieser Frau, die einen bösen Blick besaß und sehr streng war. Sie hoffte noch, dass Schwester Elsa nicht mehr in der Abbey weilte. Aber es kam anders.

Schon nach einer Woche lief diese im Speisesaal auf Scarlett zu und sagte: »Na, dich, kleine Madam, kenne ich doch«, und griff fest an ihren Oberarm. Scarlett schrie auf vor Schmerz und die anderen Schwestern im Saal drehten sich zu ihr um und sahen sie mit strengen Blicken an. Scarlett senkte ihren Blick und setzte sich langsam auf ihren Platz. Ihr Essen konnte sie nicht anrühren, sie hatte keinen Hunger mehr und ihre Kehle war wie zugeschnürt. Die Schwestern begannen ihr Tischgebet, aber Scarlett konnte nicht richtig beten, denn bei jedem Wort kam aus ihrem Mund ein Schluchzer und die Tränen liefen ihr über die Wangen. Als alle mit dem Essen fertig waren und das Dankgebet gesprochen, die Teller und das Besteck eingesammelt und zum Aufwasch gebracht war, saß Scarlett noch immer vor ihrem Essen. Plötzlich stand die Oberste Schwester der Zisterzienserinnen vor ihr. Diese sagte leise, aber sehr streng: »Steh sofort auf und räum dein Essen weg! Danach kommst du in mein Arbeitszimmer.« Dann drehte sie sich um und ging.

»Komm, mein Kind. Ich nehme das Essen und schaffe es zu den Hühnern, die freuen sich, wenn sie auch mal etwas Besseres bekommen.« Dorothee nahm den Teller und sagte: »Geh schnell zu Schwester Mary, sonst bekommst du auch noch eine Strafe.«

Scarlett beeilte sich, um zu Schwester Marys Büro zu kommen. Doch als sie davorstand, zögerte sie. Ihre Hand zitterte und ein Schauer lief über ihren Rücken. *Was wird Schwester Mary von mir wollen? Werde ich eine Strafe bekommen oder muss ich wieder von hier fort?*

Zaghaft klopfte sie schließlich an die schwere Holztür.

Es kam keine Antwort.

Scarlett klopfte noch einmal und da wurde die Tür mit Schwung geöffnet. Eine andere Schwester stand vor ihr und fragte: »Was wünschst du?«

»Ich soll mich bei Schwester Mary melden.«

Die Schwester ließ Scarlett eintreten.

Die Oberin saß hinter einem massiven dunkelbraunen Schreibtisch und sah in ein Buch, das vor ihr lag. Als Scarlett an den Schreibtisch trat, blickte sie auf und sah das Kind prüfend an. Dann sagte sie: »Du weißt, dass du hier nur geduldet wirst. Da deine verstorbenen Verwandten unserer Abbey Spenden zukommen ließen und gute Christen waren, darfst du hier sein. Sobald diese Gelder aufgebraucht sind, musst du dich entscheiden, entweder als zukünftige Zisterzienserschwester an unserer Seite mitzuarbeiten oder die Abbey wieder zu verlassen.

Ich habe mir eben die Bücher mit den Eintragungen genauer angesehen und festgestellt, dass die Zeit deiner Entscheidung in etwa einem Jahr sein wird. Bis dahin bist du bei uns Gast. Lernen und arbeiten kannst du hier zur Genüge. Schwester Ashley wird mit dir lernen und

Schwester Elisabeth teilt dich bei den Arbeiten im Garten und im Haus ein. Aber«, und Schwester Mary schaute Scarlett fest in die Augen, dabei beugte sie sich über ihren Schreibtisch, »essen musst du aber, ansonsten kannst du nicht gut arbeiten. Und jetzt geh in die Kapelle und bete zu Gott und danke ihm.«

Mit einer knappen Handbewegung entließ Schwester Mary das Kind. Scarlett stand auf, knickste mit gesenktem Kopf und verließ das Arbeitszimmer. Sie war froh, dass ihr keine Strafe verhängt worden war, aber ihre Hände zitterten immer noch. Als sie den langen Gang entlang bis zur Kapelle ging, kam ihr Schwester Dorothee entgegen und nahm sie mit zum Gebet. Kurz vor dem Eingang der Kapelle blieb sie stehen und fragte: »Meine Liebe, hat Schwester Mary dich gut behandelt?«

Scarlett lächelte und sagte: »Ja, sie war gut zu mir und hat mich nicht bestraft, sondern mich zum Gebet in die Kapelle geschickt.«

»Das ist zu erwarten gewesen, denn Schwester Mary ist eine strenggläubige Frau und sehr gewissenhaft in vielen Dingen.«

Danach betraten die beiden die schlichte, aber große Kapelle, die schon als Kirche angesehen werden konnte. Sie präsentierte sich im normannischen Baustil mit ihrer hohen, gewölbten Tonnendecke, den Säulengängen mit ihren

Rundbögen und den bunten bleiverglasten, spitz auslaufenden Fensterfronten.

Nach dem Gebet gingen sie in den Garten, um die anstehende Gartenarbeit zu verrichten. Immer wenn Scarlett mit Dorothee zusammen war, ging ihr alles leicht von der Hand und jede Arbeit machte viel Freude. Während der gemeinsamen Arbeiten sangen sie eins der modischen Lieder, wie »Poor Butterfly«.

Auch an diesem Nachmittag im Garten war Scarlett ein wenig glücklich und ein Lächeln machte sich auf ihrem Gesicht breit.

Aber die nächsten Tage und Wochen kamen mit neuen Aufgaben und Unterricht mit Schwester Ashley. In einem langen schmalen Raum, der durch hohe schmale Fenster erhellt wurde, saß Schwester Ashley etwas erhöht an einem kleinen Tisch auf einem Stuhl und blickte ihrer Schülerin entgegen, die an einem einsamen Tisch in der Mitte des Zimmers Platz nehmen sollte.

»Gut, du bist pünktlich. Bitte setz dich und wir beginnen gleich mit der Lesung aus der Bibel. Wir beginnen mit Mose I und du liest die ersten zehn Kapitel. Bist du damit fertig, werden wir uns gemeinsam den Inhalt erarbeiten, den du mir vorher wiedergibst. In dieser Zeit kann ich mir deine schriftlichen Arbeiten vom Vortag ansehen.«

Die Stunden mit der Bibellehre und dem Sprachunterricht in Latein, Hebräisch und

Griechisch waren anstrengend, aber auch sehr wichtig für Scarletts Wissbegier. Sie war eine sehr gute Schülerin, und nach ein paar Wochen übernahm die Oberschwester Mary den Unterricht und war von ihrer Schülerin begeistert, denn sie erzählte es allen ihren Schwestern. Dabei strahlte sie über das ganze Gesicht. »Ich kann es manchmal nicht glauben, wie schnell sie lernt und wie gut sie mit Zahlen umzugehen versteht«, so sagte sie es oft.

Aber dann kam die Arbeit im Haus, und die begann am Nachmittag und dauerte bis zum späten Abend.

»Du bist zu spät!« Eine laute und strenge Stimme ermahnte Scarlett, kaum dass sie im Wirtschaftsraum ankam. Schnell band sie sich die Schürze um, nahm den überbreiten Besen, lief in den Flur und begann zu kehren. Viele Meter Fläche, dann noch die breite Treppe zum Erdgeschoss, weiter Meter für Meter bis zum Speisesaal und immer wieder bücken und zusammenkehren, den Eimer ausleeren gehen, bis sie dann den Saal zu fegen begann. Danach holte sie Wasser aus dem Brunnen und fing an, die gleiche Strecke zu wischen. Mehrere Stunden Arbeit hatte sie hinter sich und schließlich ertönte die Abendglocke zum Nachtgebet. Erst spät am Abend gab es eine Kleinigkeit zu essen, zwei kleine Scheiben Schwarzbrot mit geräuchertem

Schinkenspeck. Dazu konnte sich jede Schwester, so auch Scarlett, Tee oder Wasser nehmen. Müde und erschöpft legte sie sich danach zum Schlafen.

So vergingen die Monate, die Scarlett zur Ewigkeit wurden.

Man schrieb bereits das Jahr 1918.

Der Tag begann sehr früh mit dem Morgengebet. Schnell, um nicht zu spät zu erscheinen, machte Scarlett sich bereit. Aber dieser Tag sollte ganz anders verlaufen. Als sie aus ihrem Zimmer in den Hausflur trat, sah sie, wie einige der Schwestern aufgescheucht hin und her liefen. Scarlett lief schnellen Schrittes in Richtung Kapelle, dorthin wo sie sich jeden Morgen trafen.

Als Scarlett, gekleidet in ihren braunen, langen, dicken Stoffrock und den grauen Strickpullover mit ihrer weißen Schürze darüber, mit einem weißen Tuch auf dem Kopf die Kapelle betrat, traute sie ihren Augen kaum. Die Bestuhlung des Innenraums war zur Seite geräumt worden und unzählige Liegen reihten sich aneinander. Graue Laken und dicke Wolldecken lagen auf diesen.

Plötzlich wurde die Seitentür aufgerissen. Soldaten mit Rotkreuzbinden trugen verletzte Soldaten herein. Viele der Verletzten stöhnten oder schrien laut vor Schmerzen.

Als Scarlett diese armen Menschen sah, drehte sich ihr kleines Herz vor Schmerzen um und Tränen liefen über ihr Gesicht. Ihre Hände, die hier im Kloster fast immer kalt waren und sich kaum mal erwärmten, krampften sich zusammen. Der Anblick war erschreckend und fast unvorstellbar, dass Menschen anderen Menschen so etwas Grausames antun konnten. Scarlett stand noch an der Eingangstür, unfähig, die Kapelle zu betreten, als hinter ihr eine Stimme laut wurde. »Was stehst du hier herum und schaust nur!«, kam es befehlend. Schwester Elsa nahm sie auch schon am Arm und zog Scarlett mit sich mit. »So, hier sind weiße Leinentücher und dort in den Holzbottichen frisches Wasser. Du gehst und säuberst die Wunde des Soldaten, der dort vorn an der Tür liegt. Wenn du damit fertig bist, verbinde diese mit den sauberen Tüchern, die auf der Bank neben der Säule liegen«, sagte Elsa und drehte sich auch schon um und ging zu einem Herrn im weißen Kittel und Gummischürze, die mit Blut beschmiert war.

Scarlett stand verdutzt und ganz erschrocken da und wusste nicht so recht, wie sie diese Aufgabe meistern sollte.

Ein Frösteln ging durch ihren Körper und ihre Beine zitterten. Scarlett ging langsam zu den Tüchern und dem Wasser. Sie streifte sich die Ärmel ihres Pullovers hoch, nahm einen Krug voll Wasser sowie einige von den Leinentüchern und lief zu dem verletzten Soldaten, der dicht an der Tür zur Straße lag. Die Kapelle wurde immer voller und die Liegen für die Verletzten reichten kaum noch aus. Das Jammern und Stöhnen wurden immer lauter.

Als Scarlett an den Verletzten herantrat, zuckte sie zusammen und hielt ihre Hand vor den Mund. *Dieser Soldat ist doch noch jung. Wie kann es sein, dass er schon in den Krieg musste? Der Arme, und er hat eine Verletzung,* dachte sie. Und wieder traute sie ihren Augen nicht, dem Jungen fehlte der rechte Unterschenkel. Scarlett beugte sich über ihn, es schien, als schliefe er. *Schläft er, oder ist er nicht bei Besinnung? Ich werde den Arzt fragen.* Bei diesem Gedanken richtete sie sich schnell auf und suchte mit den Augen nach dem Herrn im weißen Kittel. *Hoffentlich ist es auch ein Arzt, der helfen kann,* dachte sie noch.

Da entdeckte sie ihn, er stand mit einer Krankenschwester an einem Tisch, auf dem ein Soldat lag, der stark blutete. Scarlett musste sich gleich umdrehen, den Anblick ertrug sie nicht. Sie überlegte, was sie jetzt machen sollte, denn der Arzt operierte gerade.

Ob ich den Arzt bei seiner Arbeit stören kann? Oder ob eine der Schwestern mir hilft?

»Stehst du schon wieder nur rum?«, ertönte wieder eine laute Stimme hinter ihr. Elsa.

Doch da war Schwester Dorothee schon an Scarletts Seite und fragte: »Was ist mit dir?«

»Schwester Dorothee, der junge Soldat vorn an der Tür, ich weiß einfach nicht, ob er schläft oder ob er ohne Bewusstsein ist. Seine Wunde am Bein blutet stark und ich kann sie nicht allein säubern und verbinden. Ich habe so was noch nie gemacht. Kannst du mir dabei helfen?«

»Hast du Wasser und Tücher?«

»Ja, es ist alles bereit.«

»Dann komm, wir machen es gemeinsam.«

Schwester Dorothee beugte sich über den jungen Soldaten und dann schüttelte sie den Kopf und sagte: »Er ist nicht bei Bewusstsein.« Sie richtete sich auf und lief zu einer älteren Schwester mit einer Rotkreuz-Binde, die auch gleich mit ihr kam.

Die Rotkreuz-Schwester hielt dem Verletzten ein Fläschchen unter die Nase. Der arme Junge wurde munter und stöhnte erst laut und dann begann er zu weinen wie ein kleines Kind. »Der Arzt muss sich die Wunde ansehen, denn es sieht so aus, als wäre da der Brand drin«, sagte die Schwester, die plötzlich ganz hektisch wurde und sich nach dem Arzt umsah.

»Aber was geschieht jetzt?« Scarletts Kopf begann zu schmerzen. Sie verstand die Aussage der Schwester nicht.

»Schwester Dorothee, was bedeutet, da ist der Brand drin?«

»Das heißt, der Arzt muss sofort operieren, sonst wird ihm das ganze Bein abgenommen. Wenn das nicht geschieht, kann der junge Mann sterben.«

»Oh, wie schrecklich!« Scarlett zitterte vor Aufregung und Anspannung.

Der Arzt kam und kam nicht. Immer wieder versuchte Scarlett ihn zu dem jungen Soldaten zu bringen, aber eine Operation nach der anderen musste dieser eine Arzt bezwingen, der für fast 50 Soldaten da war. Nach mehreren Stunden, in der Zwischenzeit hatte Scarlett andere Soldaten versorgt, gelang es dem Arzt, den jungen Mann zu untersuchen. Der Arzt war schon sehr erschöpft, aber er sah sich die Wunde an und sagte: »Schnell, Schwester Anne, wir müssen noch eine Operation durchführen, sonst verlieren wir den Jungen.«

Es ging alles sehr schnell und das Bein musste abgenommen werden.

Scarlett war sehr tapfer und bemühte sich, mit kleinen Handgriffen während der OP behilflich zu sein. Der Arzt wie auch die Krankenschwester nickten ihr dankbar zu.

In der kommenden Nacht war an Schlaf nicht zu denken. Alle Zisterzienserschwestern und auch Scarlett waren die ganze Nacht tätig.

Nicht alle Patienten hatten eine OP oder ihre schweren Verletzungen überlebt, und so mussten sie auch den Sterbenden das letzte Geleit geben und für sie oder mit ihnen beten.

Am darauffolgenden Tag durften sich Scarlett und ein paar der Schwestern für drei Stunden hinlegen, bevor neue schwere Aufgaben auf sie zukamen.

Der neue Tag begann noch schrecklicher, denn es wurden wieder Verwundete gebracht, die in den Gängen des Klosters untergebracht wurden. Die Schwestern waren bei der Fülle ihrer Aufgaben fast schon überfordert, ließen sich aber nicht unterkriegen. Auch Scarlett rannte von einem Verletzten zum anderen. Dabei bildeten sich Schweißperlen auf ihrer Stirn und ab und an bekam sie einen leichten Schwächeanfall, mit Schwindelgefühl und Kopfweh. Aber sie sagte sich immer wieder: *Ich muss durchhalten, die Schwestern können es auch.* Obwohl sie nur ein Kind von acht Jahren war, half sie überall mit. Scarlett hatte sich an den Anblick der vielen Verwundeten gewöhnt und vergaß dabei sich selbst. Hunger und Durst quälten sie, aber sie beachtete es nicht.

Immer wenn Scarlett etwas Luft hatte, ging sie zu dem jungen Soldaten und sah nach ihm. Auch heute wieder. Sie kniete sich an seiner Liege nieder und fragte: »Wie geht es Ihnen? Haben Sie immer noch starke Schmerzen?«

Der junge Soldat sah sie an und fragte: »Wie heißt du?«

»Scarlett, und Sie?«

»Ich heiße Adam.«

»Woher kommen Sie?«

»Ich komme aus London und habe dort mein Zuhause bei meinen Eltern und Großeltern.«

»Sie Glücklicher, Sie haben noch Ihre Eltern und Großeltern. Meine Familie ist schon lange tot. Ich habe niemanden mehr, ich bin ganz allein.« Scarlett senkte dabei ihren Kopf, da die Traurigkeit sie plötzlich überfiel.

Der junge Soldat sagte daraufhin: »Ja, ich kann mich noch glücklich schätzen, und mir fällt eben ein Vers aus der Bibel ein, ›Der Herr ist mein Hirte. Nichts wird mir fehlen. Er weidet mich auf einer grünen Wiese und führt mich zu frischen Quellen‹.« Danach richtete er sich auf und bat Scarlett: »Kannst du mir helfen, ich möchte versuchen ein paar Schritte zu machen. Ich möchte so schnell wie möglich wieder nach Hause.« Dabei sah er Scarlett bittend an. Adam war mehr als zwei Köpfe größer als Scarlett, sehr dünn, und seine braunen Augen sahen sie dankbar an.

Seit seinen ersten Gehversuchen versuchte Adam mit Hilfe von Scarlett jene zu optimieren. Von Tag zu Tag ging es dem jungen Soldaten besser und das Laufen mit Hilfe von zwei Krücken fiel ihm immer leichter. An einem der Tage nahm Scarlett ihre Geige, stellte sich hinter eine der Säulen, denn sie wollte nicht gleich von den Schwestern gesehen werden, da sie befürchtete, dass es ihr untersagt würde, und begann mit einem der bekanntesten Musikstücke von Johann Sebastian Bach. Mit viel Gefühl begann sie zu spielen. In der Kapelle, wo es vorher noch laut und geschäftig zugegangen war, wurde es augenblicklich leise. Durch die sehr gute Akustik in der Kapelle wurden die Klänge noch verfeinert und weitergetragen bis in die Gänge des Klosters. Als Scarlett ihr Spiel beendete, begannen die Soldaten erst zaghaft, aber dann heftig zu klatschen und einige riefen: »Weiterspielen! Weiterspielen!«

Aber Scarlett dachte: *Sie mögen Musik und freuen sich. Ich werde ihnen ein schönes Lied singen, denn ich denke, das macht sie wieder gesund, und ich singe doch so gern.*

Scarlett legte ihre Geige in die abgenutzte Tasche zurück und begann eines ihrer Lieblingslieder zu singen.

Erst sang sie leise und gefühlvoll, aber dann mit kraftvoller, melodischer heller Stimme. Sie sang das Lied »Peg o' My Heart«. Ihre lieblich reine Stimme schwebte durch das Kapellenschiff. Als sie endete, war es erst einmal ganz still, aber dann begann ein Sturm der Begeisterung. Mehrere der Soldaten erhoben sich von ihren Liegen. Manche langsam und schwerfällig und andere richteten sich aus ihrer Liegeposition auf. Sie riefen laut: »Bravo, noch einmal, sing uns noch ein Lied«, und klatschten. Scarlett begann zu singen, sie sang »Poor Butterfly«, eines der neuesten Lieder, die sie von Schwester Dorothee gehört hatte, welche es öfters vor sich hinsang. Den Text wie auch die Noten dazu hatte Scarlett eine Woche zuvor von ihr bekommen. Schwester Dorothee, die ja wusste, dass Scarlett sehr gut und gerne sang, hatte sie ihr mit Freuden gegeben.

Nach drei Wochen war es dann so weit, die noch in der Kapelle verweilenden verletzten Soldaten wurden nach und nach in das nahe gelegene Krankenhaus verlegt.

Adam erhielt, nachdem er etliche Tage zuvor einen Brief an seine Familie geschrieben hatte, mit der Bitte, nach Hause geholt zu werden, eine Nachricht. Scarlett, die an alle noch Verbliebenen die Post, die ankam, verteilte, übergab auch Adam einen Brief. Mit zitternden Händen öffnete er ihn. Nachdem er den Brief gelesen hatte, sah er mit versteinertem Gesichtsausdruck auf, Tränen standen in seinen Augen.

Scarlett ging an sein Bett, kniete sich zu ihm nieder und umschlang seinen Hals. Dabei sagte sie leise: »Unser Herrgott weiß um Ihren Kummer und wird helfen.«

Dann sah sie ihn an und Adam sagte: »Ja, nur

unser Gott kann mir helfen. Mein Großvater schrieb mir, dass mein Vater einen Krüppel als Sohn nicht gebrauchen kann. Er und Mutter wollen mich nicht mehr sehen.« Adam senkte seinen Kopf, und seine Schultern begannen zu zucken.

Auch Scarlett liefen die Tränen herunter, und ihr Herz krampfte sich zusammen. Sie konnte so etwas nicht verstehen und dachte: *Wie können Eltern ihrem Kind so etwas antun? Adam kann nichts für seine Verletzung. Er hat unser Land gegen die Feinde verteidigt. Ich habe ihn sehr gern.*

Dann sagte Adam: »Mein Großvater schrieb noch, dass er mich von hier abholen lassen wird. Danach wird man mich in ein Haus für Pflegebedürftige bringen lassen, denn er und Großmutter sind zu alt, um mich pflegen zu können.«

»Aber Adam, du bist doch nicht so alt, um in ein Pflegeheim zu gehen!«, rief Scarlett ganz erschrocken. Schwester Dorothee hörte es, da sie in ihrer Nähe einen anderen Patienten versorgte. Sie trat an Adams Liege heran und sah Scarlett, die danebenstand, fragend an.

»Was ist mit dir, meine Liebe? Du siehst blass aus, und was rufst du so laut?«

»Liebe Schwester Dorothee, der arme Adam muss in ein Pflegeheim, da seine Eltern sowie seine Großeltern ihn nicht haben wollen. Das

hat mir Adam eben aus dem Brief seines Großvaters vorgelesen. Kannst du ihm helfen?«

»Darf ich den Brief Ihres Großvaters bitte einmal sehen?«

Adam reichte ihr den Brief, und Dorothee sah
sich den Absender genau an. Sie schärfte sich
die Adresse ein und überreichte den Brief wieder
Adam.

Gleich am nächsten Tag schrieb Schwester Dorothee an Adams Großvater.

Sehr geehrter Lord Howard!
Da ich Ihren Enkelsohn und dessen Gesundheits-
zustand recht gut kenne, bin ich doch sehr erstaunt,
dass Sie Adam in ein Pflegeheim geben wollen. Er
hat für England im Krieg seine Gesundheit gelassen.
Jetzt hat er nur noch ein Bein, aber mit einer guten
Prothese, die er eines Tages haben wird, kann er
sich dann ganz normal bewegen und genauso wie
wir sein Leben auf zwei Beinen führen, wenn auch
etwas langsamer. Adam ist doch noch viel zu jung,
um in einem Pflegeheim sein ganzes junges Leben
zu vergeuden.

Ich bitte Sie, überdenken Sie noch einmal Ihre
Entscheidung.
Hochachtungsvoll
Schwester Dorothee

Es dauerte nur eine knappe Woche und Adam bekam Nachricht, dass er in zwei Tagen abgeholt und nach Hause nach London gebracht wird. Adams Großmutter und auch er, der Großvater, erwarteten ihn mit Freude. Als Adam den Brief las, sah Scarlett, wie er erst ungläubig schaute, aber dann begannen seine Augen zu strahlen und ein frohes Lachen kam aus seinem Mund, so wie es Scarlett noch nie von ihm gehört hatte. Sie mochte diesen jungen Mann gern und wünschte ihm, dass er trotz seiner Behinderung noch ein schönes Leben haben würde.

Als der Tag des Abschieds kam, umarmte Adam sie und sagte: »Meine kleine, liebe Scarlett, ich habe dir so viel zu verdanken, denn du hast mir in der schlimmsten Zeit meines Lebens beigestanden und mich immer wieder aufgefordert durchzuhalten. Ich wünsche mir für dich, dass du eines Tages dein Glück findest und nicht für immer hier sein musst, denn ich sehe es dir an, du möchtest frei leben können.«

Scarlett lächelte. *Adam hat doch so sehr recht,* dachte sie, *ich fühle mich hier im Kloster nicht wohl und möchte wieder so leben, wie es mit Rebecca war, frei und unbeschwerter. Ich möchte etwas von der Welt sehen, London kennenlernen, am Meer spazieren gehen und meine Musik überall spielen können. Dann meine Malerei, ich möchte oben auf den Klippen sitzen und zeichnen, so wie es Rebecca einmal machte. Sie hat mir damals so viel davon erzählt, aber ich bin noch zu klein, um ganz allein irgendwo zu leben.*

Dann war es so weit, und ein Automobil fuhr vor das Kapellenportal. Ein älterer Herr, welcher gefahren wurde, stieg aus. Der Herr, sehr elegant gekleidet, stand für einen Augenblick vor dem Eingangsportal und sah zur Kapelle empor, bevor er diese betrat. Schwester Mary, die den Herrn erwartete, lief ihm entgegen. »Sehr geehrter Lord Howard, seien Sie gegrüßt! Hatten Sie eine gute Fahrt?«

Der Lord dankte ihr mit einem Kopfnicken und antwortete: »Wo ist mein Enkelsohn? Haben Sie ihn für die Heimfahrt vorbereitet?«

»Aber selbstverständlich ist er bereit und wird gleich hier sein.«

Scarlett, die in der Nähe stand und alles beobachtete, lief zu Adam. »Adam, komm, dein Großvater wartet auf dich.« Dann nahm sie Adam am Arm und führte ihn zu seinem Großvater. Als dieser seinen Enkelsohn kommen sah, lief er ihm entgegen und die beiden umarmten sich glücklich.

Auch Scarlett fühlte sich glücklich, aber auch ein wenig traurig. Jetzt war sie wieder allein, denn mit Adam war es wie mit einem Bruder zusammen zu sein.

Danach drehte er sich kurz nach Scarlett schauend um, winkte ihr zu und ging langsam an der Seite seines Großvaters zum Fahrzeug. Bevor er einstieg, sah er noch einmal lächelnd zu Scarlett.

Sie sah dem Automobil noch eine Weile nach, bevor dieses um eine Ecke bog und aus ihrer Sicht verschwand.

Langsam und ein wenig traurig ging sie zurück in die Kapelle, in der noch vereinzelt die letzten, noch nicht verlegten Soldaten auf ihren Abtransport in das Krankenhaus oder in ihr Zuhause warteten.

»Scarlett, du träumst schon wieder und siehst nicht, wie viel Arbeit noch zu erledigen ist!«, sagte Elsa laut.

Schnell, mit gesenktem Kopf lief Scarlett zum Brunnen und holte frisches Wasser. Danach begann sie, gemeinsam mit noch anderen Schwestern die Kapelle und die Seitenflügel zu schrubben. Viel Blut, Schmutz und altes Verbandsmaterial mussten beseitigt werden. Die grauen Laken auf den verbliebenen Liegen, die nicht mehr benötigt wurden, wurden im Waschhaus in einem riesigen Waschkessel gewaschen. Schwester Dorothee und Schwester Elisabeth standen davor und rührten mit einem großen Holzlöffel die Wäsche im Kessel. Der heiße Wasserdampf nahm Scarlett fast die Luft, als sie den Raum betrat.

Der Wäschekorb, den sie brachte, war voll mit

den grauen verschmutzten Laken und ein paar Decken. Sie stellte ihn neben dem Waschkessel ab. Zwei Schwestern schütteten klares Wasser in eine Wanne, zum Spülen der gewaschenen Wäsche. Alle vier Schwestern hatten rote Gesichter.

»Schwester Dorothee«, sagte Scarlett, »es sind nicht mehr viele Laken und Decken zum Waschen. Ich hole jetzt noch den Rest.«

»Das ist gut!« Dorothee wischte sich über ihre nasse Stirn und lächelte Scarlett dankbar an.

An den darauffolgenden Tagen wurden alle Soldaten abgeholt und die letzten Reinigungsarbeiten nahmen ihr Ende.

Der Weltkrieg war aus, aber eine andere Katastrophe begann zwei Jahre später. Durch die weltweite Wirtschaftskrise begann für die Bewohner des Klosters wieder eine schlimme Zeit. Die Schwestern mussten tagtäglich versuchen sich durch Feld und Gartenarbeiten ihre Lebensmittelrationen aufzustocken. Die Lebensmittel waren überall knapp, sodass sie die Menschen in den benachbarten Dörfern mit dem, was sie ernteten, wie Gemüse, Obst, Getreide und Kartoffeln, versorgten. Für die Schwestern blieb kaum etwas übrig, sodass sie jeden Tag hungrig zu Bett gingen. Nach dieser schlimmen Zeit begann wieder eine bessere. Scarletts Wissbegier, vieles zu lernen, war ihr zum Hobby geworden. In der Bibliothek des Klosters fand sie so man-

ches, was ihr die düstere Zeit im Kloster verschönte. Mehrmals in einer Woche ging sie gemeinsam mit Schwester Dorothee in die nahe
gelegenen Ortschaften, um kranke Menschen
zu versorgen. Diese Tätigkeit, Kranke zu heilen
und zu versorgen, machte ihr sehr viel Freude.
Dabei lernte sie viel und schaute sich auch ei-
niges Medizinische vom hiesigen Landarzt ab.
Und so vergingen die Jahre, und Scarlett feierte
ihren 14. Geburtstag.

An einem dieser Tage musste Scarlett zur Oberin Mary.

»Meine liebe Scarlett, ich muss dir leider
sagen, dass du dich entscheiden musst, ob du
bei uns bleiben und dem Orden beitreten willst
oder uns lieber verlassen möchtest. Die Gelder
deiner Großeltern sind nun schon eine längere
Zeit aufgebraucht, wie du ja weißt, und unsere
Lage ist insgesamt nicht sehr gut.« Die Oberin
sah Scarlett traurig an und sprach dann weiter.
»Ich würde es sehr bedauern, wenn du uns verlässt, denn ich habe dich ein wenig in mein Herz
geschlossen. Du bist sehr intelligent und würdest mir fehlen.«

Scarlett wusste nicht, was sie darauf antworten
sollte. Ihre Hände, die sie hinter dem Rücken
verschränkte, verkrampften sich und eine leichte
Hitzewelle überströmte sie. Dann sagte sie: »Ich
glaube, es wird für den Orden wie auch für mich

besser sein, wenn ich mir ein anderes Zuhause suche. Ich möchte mich sehr herzlich für Ihren guten Unterricht und die Bibellehre bedanken. Ich durfte sehr viel von Ihnen lernen.«

»Wo wirst du hingehen und was wirst du machen, Kind?« Schwester Mary war etwas verwirrt, dass Scarlett fortgehen wollte und gleich so sicher war.

»Liebe Schwester Mary, ich werde nach London gehen und dort versuchen, in einem der Krankenhäuser zu arbeiten. Eine Unterkunft werde ich irgendwo finden.«

Schwester Mary kramte plötzlich in ihren Papieren, bis sie ein Schriftstück in ihren Händen hielt und es Scarlett mit den Worten übergab: »Dies ist dein Zeugnis, welches beinhaltet, dass du hier im Kloster während des Krieges und auch noch danach sehr gute Pflegearbeit geleistet hast. Und ich habe deine hervorragenden Lernergebnisse erwähnt.«

Scarlett war sprachlos und konnte nur dankbar nicken.

»Kind, du bist mutig, aber ich weiß, du wirst es schaffen. Ich wünsche dir ein gutes und zufriedenes Leben. Vergiss aber nie, dass es der Herr, unser Gott, ist, der mit dir in ein neues Leben geht. Er wird dich beschützen.«

Dabei kamen Mary die Tränen, die sie versuchte zu unterdrücken. Dann reichte sie Scarlett ihre Hand zum Abschied und fragte noch: »Wirst du uns irgendwann besuchen kommen? Ich würde mich sehr freuen.«

Scarlett sah die Oberin mit einem Lächeln an und nickte.

Nachdem sie Schwester Mary verlassen hatte, ging sie zu Schwester Dorothee, die ihr in all dieser Zeit eine Freundin geworden war. Sie fiel Dorothee um den Hals und sagte: »Meine liebe Dorothee, ich werde das Kloster morgen schon verlassen und nach London gehen. Ich habe dir so viel zu verdanken, denn du hast mir in all der Zeit, die nicht die leichteste für mich war, immer geholfen. Du bist mir nicht nur eine gute Freundin geworden, sondern warst auch für mich wie eine Mutter, die ich nie hatte. Danke!«

Beiden liefen die Tränen, und immer wieder mussten sie sich umarmen.

Dann sagte Dorothee: »Ich werde dir beim Packen helfen, so wie es damals war, als du hierhergekommen bist und ich dir beim Auspacken behilflich war.« Und gemeinsam gingen sie, Arm in Arm, in Scarletts Zimmer.

Am Tag darauf, sehr früh am Morgen, verließ Scarlett das Kloster.

Schwester Mary hatte ihr einen Einspänner besorgt, der vor dem Klosterportal auf sie wartete.

Bevor sie einstieg, drehte sie sich noch einmal um und dachte: *Jetzt werde ich mein Leben*

in meine Hände nehmen, und mit meinem Herr-
gott, der für mich das Größte und Wichtigste ge-
worden ist, werde ich all das schaffen, was ich mir
vorgenommen habe.

Mit Schwung stieg sie in den Einspänner und die Fahrt ging zum nahe gelegenen Bahnhof.

Als Scarlett in London ankam, fuhr sie mit einer der Straßenbahnen zu einem der bekanntesten Krankenhäuser. Dort versuchte sie eine Anstellung zu bekommen. Bevor sie das große dunkle Gebäude betrat, war sie sehr aufgeregt. Ihre Hände fühlten sich feucht an und zitterten leicht. Im Gebäude sah sie Menschen in weißer Kleidung in den Gängen eilig hin und her laufen. Scarlett befragte einen, wie sie annahm, jungen Arzt, wo sie sich hinwenden müsste, um eine Anstellung zu bekommen. Der junge Mann zeigte ihr den Weg zum Büro des Direktors.

Der Direktor des Hauses, ein kleiner untersetzter Herr mit Brille, sagte zu ihr, indem er mit der Hand auf einen Stuhl zeigte: »Meine liebe Lady, da haben Sie aber Glück, denn wir benötigen dringend Pflegepersonal wie auch Krankenschwestern, da uns durch den Weltkrieg das passende Personal fehlt. Ich hoffe, Sie haben schon einige Kenntnisse.« Er sah sich die Unterlagen an, die Scarlett ihm auf den Schreibtisch legte. Beim Durchlesen dieser zog er seine Augenbrauen hoch. Als er fertig war, schaute er auf, nahm seine Brille ab und nickte anerkennend.

Da Schwester Mary ihr ein sehr gutes Zeugnis in Krankenpflege und Kenntnissen über Wundheilung ausgestellt hatte, war es ein Leichtes, eingestellt zu werden, das hoffte und wünschte sie sich sehr.

Der kleine Herr erhob sich und reichte ihr seine Hand mit den Worten: »Sehr gutes Zeugnis und von einer anerkannten Persönlichkeit ausgestellt. Da haben Sie aber großes Glück. Sie sind eingestellt und können ab sofort anfangen.«

Scarlett war sprachlos und hocherfreut zugleich, denn ein Strahlen ging über ihr Gesicht und ihre Wangen bekamen eine zarte Röte. Dann sagte er noch: »Wenn Sie eine Unterkunft suchen, diese können Sie im Gebäude hinter dem Krankenhaus bekommen.«

»Vielen Dank!« Dabei knickste Scarlett höflich, ehe sie sich umdrehte und das Arbeitszimmer des Direktors verließ.

Ab da begann für Scarlett mit nur vierzehn Jahren ein anstrengendes, aber ausgefülltes Leben.

In kürzester Zeit hatte sie sich hochgearbeitet und war eine der wichtigsten Mitarbeiterinnen geworden.

Da sie gut verdiente, konnte sie mit gerade einmal 17 Jahren nebenbei ein Studium an der medizinischen Universität Queen Mary University in London beginnen. Es war zunächst nicht leicht, denn Frauen und Mädchen waren nicht sehr beliebt und die Männerwelt machte sehr oft spöttische Bemerkungen über sie und traute ihnen nichts zu. Dann war sie auch noch, mit Abstand, die jüngste aller Studenten.

Aber da hatten sie alle falsch gedacht, denn gerade Scarlett war sehr fleißig und intelligent und machte sehr oft den männlichen Studenten etwas vor. Nicht nur einmal konnte sie zeigen, was sie im Kloster in Heilkunde und Wundheilung gelernt und sich bei ihren Studien aus Fachbüchern selbst angeeignet hatte. Da gab es hinterher immer staunende Gesichter, und Scarlett fühlte sich dabei frei und glücklich.

Ihr Medizinstudium beendete sie mit ausgezeichnetem Ergebnis, schrieb ihre Doktorarbeit und begann eine Tätigkeit in der medizinischen Forschung an der University in London. Von Zeit zu Zeit reiste sie nach Oxford, um dort Vorlesungen abzuhalten. In dieser Zeit schrieb sie an ihrer Professur.

Es war im Frühling, im Jahr 1936, da hatte sie das dringende Bedürfnis, einmal dorthin zu reisen, wo einst ihre Eltern und Großeltern zu Hause gewesen waren – nach Plymouth.

Ihre Gedanken waren in der letzten Zeit immer mehr zurück in die Vergangenheit gewandert und auch jetzt, in diesem Augenblick, dachte sie: *Werde ich es wiedererkennen? Wer wird jetzt dort, in unserem einstigen Zuhause wohnen? Wird es mich wieder traurig machen, oder werde ich mit der Vergangenheit abschließen können?*

Werde ich die Gräber meiner Eltern und Großeltern finden?

Sie sprang von ihrem Stuhl auf und räumte ihre schriftlichen Arbeiten vom Schreibtisch zusammen, legte alles säuberlich geordnet in eines ihrer Regale und verließ den kleinen, engen Büroraum. Hier in Oxford, bei ihren Studenten, fühlte sie sich wohl und sie liebte die Vorlesungen. Aber jetzt waren ihre Gedanken woanders und sie lief schnurstracks in ihre privaten Räumlichkeiten, ein winziges Zimmer mit einer noch winzigeren Küche und einer Waschgelegenheit mit Toilette. Sie packte ein paar Habseligkeiten zusammen und lief zum Bahnhof. Beim schnellen Lauf wippte ihr leicht rötlichbraunes prachtvolles Haar auf ihren Schultern. Ein spärliches Sonnenlicht schien auf ihr Haupt. Scarletts große, dunkle Augen mit einem leichten Grünschimmer machten ihre Schönheit perfekt. Ihr elegantes helles Kostüm betonte ihre zierliche Figur und so mancher junge Herr drehte sich nach ihr um. Mit ihren Gedanken war sie in ihren Erinnerungen, die nur sehr schwach waren. Ein paar Studenten grüßten sie beim Vorübergehen, aber Scarlett bekam es kaum mit.

Plötzlich sprach sie hinter ihr jemand an: »Scarlett, bist du das?« Die Stimme kam ihr bekannt vor, aber sie wusste nicht gleich, wem sie gehörte. Langsam drehte sie sich um und sah in ein ihr sehr bekanntes Gesicht.

»Adam!« Und ein noch nie gekanntes Glücksgefühl, begleitet von Bauchkribbeln, machte sie ein wenig unsicher. Sie hatte das Gefühl, diesen Mann einfach umarmen zu müssen und zu küssen. Und sie dachte: *Aber er ist doch viel älter als ich und womöglich auch verheiratet.*

»Du bist es wirklich, die kleine Scarlett. Ist das aber schön, dass ich dich wiedersehe. Wohnst du jetzt hier in Oxford? Oder was machst du hier? Aber ich sehe, du willst verreisen«, sagte Adam und deutete mit einer Kopfbewegung auf ihre große Reisetasche.

»Ja, ich werde in meine einstige Heimatstadt oder, besser gesagt, in meinen Geburtsort reisen.«

»Kommst du wieder hierher nach Oxford oder willst du dortbleiben?«

»Adam, ich weiß es noch nicht, aber ich glaube, dass ich nicht bleiben werde. Ich habe hier in Oxford meine Arbeit und meine Studenten.«

»Dann will ich dich nicht länger aufhalten.«

»Aber sag doch, Adam, wie geht es dir? Wie ich

sehe, hast du eine Beinprothese. Kommst du gut damit zurecht?«

»Es geht so. Manches Mal, da habe ich wunde Stellen und dadurch ziemliche Schmerzen, aber ich muss es aushalten.«

»Deine Prothese, ist es die neueste, die es zurzeit gibt?«

»Ja, die hat mir mein Vater besorgt und ich bin froh darüber, denn dadurch sind wir wieder in Kontakt getreten. Ich habe Vater und Mutter vergeben, sie hatten Angst vor meinem Aussehen. Ich konnte und kann es sehr gut verstehen.«

»Du bist ein guter Mensch, Adam. Das wusste ich schon immer. Gehst du einer Tätigkeit nach, oder arbeitest du bei deinem Vater mit?«

»Bei meinem Vater nicht, aber ich habe mich noch einmal an ein Studium gewagt und Theologie studiert und arbeite jetzt als Priester hier im Ort.«

»Ich freue mich für dich, dass auch du deinen Weg gefunden hast. Bist du auch glücklich? Hast du eine Frau und auch Kinder?«

»Ich bin seit zwei Jahren glücklich verheiratet, aber Kinder haben wir noch keine. Und du, Scarlett? Bist du verheiratet?«

»Nein, verheiratet nicht, denn den passenden Mann dazu habe ich noch nicht gefunden. Ich habe lange Medizin studiert und nach dem Studium meinen Doktor gemacht. Jetzt bin ich die meiste Zeit im Forschungszentrum und abwechselnd in London und Oxford mit Vorlesungen beschäftigt.«

»Du bist eine Berühmtheit geworden! Ich habe schon damals im Kloster, als du auf deiner Geige spieltest und ich deine Stimme hörte, geahnt, dass du es einmal sehr weit bringen wirst. Ich dachte nur, dass du in der Musik deinen großen Weg einschlägst, aber als Medizinerin in der Welt der Männer, das dachte ich nicht.«

»Das war auch ein sehr schwerer Gang, den ich meistern musste. Ich habe es allen Lords gezeigt«, sagte sie und dabei strahlten ihre Augen und sie lachte. Sie fühlte sich so frei dabei.

»Jetzt muss ich aber zum Bahnhof. Werden wir uns wiedersehen?«

»Wann kommst du wieder nach Oxford?«

»Ich weiß es noch nicht, aber sage mir schnell noch deine Adresse, ich merke sie mir und werde dir schreiben.«

Adam sagte ihr seine Anschrift und drückte zum Abschied ihre Hand. Dabei sah man ihr an, wie ihr warm wurde und ihre Augen ein zärtliches Leuchten zu Adam hin abgaben.

Beim Gang zum Bahnhof dachte sie: *Kann es sein, dass ich mich in Adam verliebt habe? Er sagte doch, dass er verheiratet ist.* Bei diesen Gedanken wurde es ihr heiß und sie musste den obersten Knopf ihrer Kostümjacke öffnen.

Als Scarlett in Plymouth ankam und sich beim örtlichen Einwohneramt nach dem Anwesen der Lords von Hailsham erkundigte, wurde ihr ein Lageplan ausgehändigt. Sie mietete sich ein Automobil und fuhr in die Ortschaft Barbican, wenige Kilometer von Plymouth entfernt. Im Ort fand sie das gepflegte Grundstück ihrer Vorfahren. Eine Steinmauer umgrenzte dieses. Im Anschluss an eine breit angelegte Schotterstraße sah Scarlett einen wuchtigen, historischen Steinbau, ein Herrenhaus. Sie blieb stehen und plötzlich verspürte Scarlett etwas wie: Hier war ich schon, hier war ich einst zu Hause. Und sie schaute auf das große, vor der Einfahrt angebrachte Schild mit dem Namen »Haus Hailsham«. Scarletts Herz schlug schneller und sie dachte: *Das ist das Haus meiner Eltern und Großeltern. Wer wird es jetzt besitzen? Es ist so schön hier, mit dem großen Garten und den vielen blühenden Sträuchern und Bäumen.*

Langsam ging sie weiter bis zum Eingangsportal. Dort an der großen Eichentür entdeckte sie eine bronzefarbene Glocke, die sie zaghaft betätigte. Sie versuchte es ein paar Mal. Danach wartete sie noch eine längere Zeit, aber es öffnete niemand.

Dann sah sie sich die Umgebung an. Sie lief um das riesige Gebäude herum und entdeckte an seiner Rückseite eine kleine Kapelle und um diese einen Friedhof. Ihr Interesse war geweckt. Intensiv betrachtete sie die halb verwitterten Inschriften der Grabsteine. Dabei entdeckte sie bekannte Namen wie »Lord Frederick Hailsham, geboren 1884 und Lady Dorothy, geborene Holland, geboren 1888« und über den Namen stand: »Verschollen 1912 im Ozean. Der Herr hat sie zu sich geholt.«

Scarlett lief weiter und fand noch einen Grabstein mit der Aufschrift: »Sie sind in Gottes Hand.« Darunter waren die Namen ihrer Großeltern zu lesen. Sie konnte sie noch gut entziffern, sodass sie laut las: »Lord Jacob Hailsham, geboren 1858, verstorben 1914 und Lady Mary Hailsham, geborene Percy, geboren 1861, verstorben 1914.« Eine ganze Weile blieb sie andächtig davor stehen und suchte in ihren Erinnerungen nach Einzelheiten aus ihrer Kindheit. Es gab nicht viel, an das sie sich erinnern konnte, sie war doch noch viel zu klein gewesen. Scarlett fühlte, wie ihr die Tränen kamen, und eine tiefe Sehnsucht, die sie früher schon einmal verspürt hatte, lähmte ihre Glieder. Dann sagte sie sich innerlich: *Es ist und war einst das Zuhause meiner Familie. Ich muss alles erfahren, was in den vergangenen Jahren geschehen ist und wer jetzt hier wohnt.*

Dabei kniete sie vor dem Grab ihrer Großeltern und ein paar Erinnerungsfetzen kamen ihr in den Sinn und dabei auch ein Name, Jacob. Ihr Blick ging zum Himmel und die Lippen formten Folgendes: »Bitte, mein Gott, schenke mir Menschen an meine Seite, die zu mir gehören. Du, Herr, kennst mich und alle, die einst zu mir gehörten, aber nicht mehr leben. Ich fühle mich so sehr alleingelassen. Bitte hilf mir.« Sie erhob sich langsam wieder, dabei liefen ihr ein paar Tränen über die Wangen. Scarlett ging weiter über den Friedhof. Dabei entdeckte sie noch mehrere Gräber mit zum Teil kaum lesbaren Namenszügen der von Hailshams. Manche Grabsteine standen schief und andere fehlten ganz, da stand nur noch ein übriggebliebener Steinsockel. Überall war das Gras sehr hoch. Und Scarlett dachte: *Der Friedhof wird nicht mehr benutzt, denn es lebt keiner mehr von meiner Familie. Oder doch? Ich lebe auch noch. Danke, lieber Vater im Himmel.*

Da sich die kleine Kapelle und der Friedhof unmittelbar hinter dem Herrenhaus, auf einer kleinen Erhöhung, befanden, lief sie weiter und um das große Haus herum. Der Garten, der sich vom Gebäude aus weitläufig erstreckte, war sehr gepflegt und ein schmaler Weg führte in ein nahes kleines Waldstück. Dort entdeckte sie eine Bank aus Stein. Diese befand sich auf einer kleinen Erhöhung und von da aus konnte Scarlett das gesamte Grundstück überblicken.

Scarlett setzte sich, ihre Augen strahlten, und

ein inneres Glücksgefühl erfüllte sie, als sie so alles betrachtete. Es kamen ihr zwei Verse aus der Bibel in den Sinn:

Auf das Wort des Herrn kann man sich verlassen, und was er tut, das tut er aus Liebe.

Wer keinen Halt mehr hat, den hält der Herr, und wer schon am Boden liegt, den richtet er wieder auf.

Plötzlich überfiel sie eine bleierne Müdigkeit und Scarlett schlief auf der Bank ein. Und sie träumte: *Sie sah sich als kleines Kind über die Wiese zum Wald laufen. Eine nicht mehr junge Lady saß auf einer steinernen Bank und sah ihr lächelnd entgegen. Dann sah Scarlett, wie ein Junge mit blondem, welligem Haar auf sie zukam und sie in die Arme schloss. Dieser Junge nahm sie an seine Hand, und gemeinsam liefen sie in den kleinen Wald. Die Kühle des Waldes ließ sie frösteln.*

Diese Kühle ließ Scarlett wieder erwachen. Die Sonne ging schon langsam unter und es wurde kalt. Schnell erhob sie sich, zog ihre Jacke enger um sich und lief zurück in den kleinen Ort, um eine Unterkunft zu suchen. Schnell fand sie ein Hotel mit Blick auf eine reizende, historische Einkaufsstraße. Eine nette untersetzte Hotelinhaberin stutzte bei ihrem Namen und fragte Scarlett: »Sehr geehrte Lady, sind Sie eine Verwandte der von Hailshams?«

»Ja, ich bin Scarlett Hailsham und meine Großeltern waren Jacob und Mary Hailsham.«

»Sie sind wirklich eine von den Hailshams?«, sagte die Hotelinhaberin und schlug sich die Hand vor den Mund. »Sie sind die kleine Scarlett?«

»Sie kannten mich als kleines Kind? Kannten Sie auch meine Großeltern und auch meine Eltern?« Als Scarlett es fragte, war ihre Stimme zittrig und eine leichte Blässe überzog ihr schönes Gesicht.

Sehr aufgeregt berichtete die nette Frau Folgendes: »Meine Mutter und auch meine Großmutter waren im Haus Ihrer Großeltern in der großen Küche beschäftigt gewesen und ich durfte mir oft eine Kleinigkeit zu essen holen. Das war für mich immer ein großes Vergnügen. So sah ich auch öfter die beiden Kinder der Lords. Sie waren ein sehr schönes kleines Mädchen mit Ihren rötlichen Haaren. Und der kleine Junge mit seiner netten und lieben Art, mit ihm durfte ich ein paar Mal spielen. Aber Sie, liebe junge Lady, sehen auch jetzt noch sehr schön aus, und Ihr wunderschönes Haar macht Sie sehr attraktiv.«

Scarlett musste lächeln. »Ihre Eltern sah ich nie, aber Ihre Großeltern.

Der Lord war ein stolzer, aber liebenswürdiger Mann, und Ihre Großmutter war immer bemüht, zu allen Angestellten des Hauses gerecht zu sein. Sie war auch immer gut zu mir, denn wenn ich mit dem kleinen Jacob spielte, bekam nicht nur er ein Stück Kuchen, auch ich bekam ein Stück. Das habe ich nie vergessen.«

»Ich habe einen Bruder? Ich kann mich nur vage an einen Jungen mit hellem Haar und dem Namen Jacob erinnern.« Scarlett musste sich auf einen der Stühle setzen, die an der Rezeption standen, so überrascht war sie von dieser Nachricht. Ihr Herz begann wie wild zu klopfen und sie dachte: *In meinen Träumen sah ich oft einen Jungen mit hellen Haaren. Ich habe einen Bruder, aber wo kann dieser sein oder leben? Er muss etwas älter sein als ich. Vielleicht lebt er gar nicht mehr? Ich muss ihn finden.*

Nachdem sie sich etwas erholt hatte, fragte sie nach dem Haus.

»Das Wohnhaus sowie das Nebengebäude, die ich im Ort fand, sind diese bewohnt und wem gehört nun alles?«

»Das Wohnhaus steht schon sehr lange leer und wird von Zeit zu Zeit von dem Verwalter in Augenschein genommen. Ein bis zwei Mal im Monat kommen Leute und reinigen das Haus, und die Parkanlage wird auch in Ordnung gebracht. In dem Nebengebäude wohnt der Verwalter Mr Toyler. Seine Frau ist im vergangenen Jahr verstorben und seine einzige Tochter Anne lebt in London. Er ist jetzt allein. Gestern erst sagte er mir, dass er sehr froh darüber sei, noch eine Aufgabe zu haben, denn das bringe ihn auf andere Gedanken.«

»Wissen Sie, von wem der Verwalter seinen Lohn bekommt?«

»Er hat mir vor langer Zeit mal gesagt, dass sein Verdienst über eine Anwaltskanzlei gezahlt wird.«

»Vielen Dank, liebe Mrs Dawies, für Ihre ausführliche Auskunft«, sagte Scarlett, reichte dieser dankbar ihre Hand und ging hinauf in ihr Hotelzimmer.

Kapitel 6

Die Ankunft in England, 1937

»Endlich wieder Heimatboden unter den Füßen«, kam es spontan von Jacob, als Gordon und er aus ihrem Privatflugzeug stiegen und englischen Boden betraten.

»Ja, das Gleiche dachte ich auch«, sagte Gordon und sah Jacob dabei lachend an.

»Gordon, ich habe das Gefühl, wir sind hier willkommen, denn die Sonne lacht vom Himmel, ohne dass ein Wölkchen zu sehen ist. So schön habe ich unsere Heimat nicht in Erinnerung.«

»Da hast du vollkommen recht, denn auch ich kann mich nicht entsinnen, so ein Prachtwetter erlebt zu haben. Aber es lag auch an unserem Zustand, denn im Heim war es immer grau in grau. Kannst du dich noch an unseren Erzieher Mr Brown erinnern? Der hat uns allen das Leben schwer gemacht.«

»Ja, ich weiß, bis auf das eine Mal, als wir einen Ball geschenkt bekamen und im Hof spielen durften. Da war er friedlich und sagte nichts.«

Beide standen noch eine ganze Weile auf dem Rollfeld, bevor sie ins Flughafengebäude gingen und danach weiter zur Straße. Dort wartete bereits eine Limousine mit Fahrer auf die beiden elegant gekleideten Herren mit ihren Lederkoffern.

Die Fahrt ging quer durch London, bis sie vor dem Hotel Ritz hielten.

Die Wagentür wurde von einem der Hotelangestellten geöffnet, der die Herren höflich begrüßte. Danach wurden sie ins Haus geleitet.

Beide Herren hatten von Amerika aus eine halbe Etage mit allerlei Komfort gebucht.

Gleich am darauffolgenden Tag machten sich die beiden jungen Männer ein Bild von London, indem sie sich durch die Stadt fahren ließen. Dabei kamen sie auch an ihrem ehemaligen Kinderheim vorbei. Kurz blieben sie stehen und stiegen aus.

»Das ist noch in Betrieb. Sieh doch, dort laufen Kinder, so wie wir es auch immer mussten. Auch sie sehen ärmlich gekleidet aus und ihre Gesichter ...« Gordon schüttelte den Kopf.

»Diese armen Kinder«, sagte Jacob, »ob sie die Jungs immer noch nach Amerika schicken? Oder müssen sie hier in London in die Betriebe und schwer arbeiten, so wie wir es auch sehr oft mussten?«

Gordon stieß Jacob an und zeigte plötzlich in die Richtung der in Zweierreihe laufenden Kinder und sagte: »Siehst du dort den älteren Herrn hinter den Kindern laufen? Wenn ich mich nicht täusche, ist es der Brown.«

»Oh, ich glaube, du hast recht, das ist er«, antwortete Jacob und ihm wurde dabei fast schlecht.

Danach fuhren sie weiter und Gordon fragte: »Wollen wir was unternehmen, um diesen Mr Brown außer Gefecht zu setzen? Ich hätte da eine Idee.«

Und Gordon beschloss, in den nächsten Tagen im Regierungsgebäude bei einem seiner Besuche, die er von Amerika aus schon angekündigt hatte, diesen Fall anzusprechen. Aber zuvor stand noch eine Audienz beim König von England an, im Buckingham Palace.

Außerdem hatte Gordon sich vorgenommen, nach Erledigung seiner dienstlichen Aufgaben seine Familie zu suchen.

»Wenn du es schaffen solltest, diesen Brown zu stürzen, ich glaube, dann würden die armen Kinder im Heim etwas mehr von ihrem armseligen Leben haben«, antwortete Jacob.

»Und du, Jacob, wann gedenkst du nach Plymouth zu reisen?«

»Ich habe mir vorgenommen, schon morgen am frühen Vormittag die Reise anzutreten. Eine Unterkunft in einem der dortigen Hotels habe ich bereits buchen lassen und ein Leihfahrzeug steht ab morgen ebenfalls für mich bereit.«

»Mein lieber Jacob, ich wünsche dir viel Erfolg bei der Suche nach deiner Schwester und wünsche dir, dass es mit Gottes Hilfe gelingt.«

»Danke, mein Freund.«

An einem leicht bewölkten Vormittag betrat Gordon den Buckingham Palace. Mit seinem selbstsicheren Auftreten und seinem guten Aussehen, groß und schlank sowie sehr gut gekleidet, wurde er mit Hochachtung empfangen.

Nach der Audienz beim englischen König, die sehr interessant, aber auch intensiv für Gordon war, führte ihn sein Weg zum Parlament. Seine Aufgaben als amerikanischer Minister für Außenpolitik war es, dort mit den englischen Ministern ins Gespräch zu kommen. Gordon verbrachte mehrere Stunden mit Verhandeln und Austausch. Er kam auch mit Stadtverordneten zusammen und besprach die Lage im Kinderheim seiner schlimmen Jahre, und dabei fiel der Name Brown. Es entstanden dabei auch Wortgefechte zwischen einigen der Verordneten und Gordon, als die Sprache auf die Verschickung von Kindern nach Amerika und Australien kam, da diese als billige Arbeitskräfte zur Zwangsarbeit gezwungen worden waren und immer noch wurden. Die Verantwortlichen für die Verschickung waren der festen Meinung, England einen Gefallen zu tun, indem diese Kinder die

Vorreiter und Überbringer der europäischen und englischen Kultur wären. Gordon konnte diese sturen Herren nicht umstimmen, diese Machenschaften zu unterbinden. Aber er schaffte es, diesen Mr Brown, den strengen und ungerechten Erzieher, seines Amtes zu entheben. Darüber war er sehr froh, dass er doch noch etwas erreichen konnte. Gordon besuchte danach einige Londoner Standesämter. Schnell fand er seine Verwandten und deren Anschrift. Der Weg führte Gordon in die Innenstadt Londons, in eine der bekanntesten und größten Anwaltskanzleien. Ein riesiger Schriftzug über dem Eingang des prächtigen Gebäudes »Allen Covery & Gordon Cicil« fiel ihm ins Auge. Er hatte sie gefunden, seine Verwandtschaft. Gordon stand noch eine ganze Weile vor dem Eingang, bevor er das Haus betrat. Im Innenbereich befand sich ein freier, offener Raum und rechts davon, hinter einer Glasscheibe, saß ein etwas älterer Herr und fragte nach seinem Anliegen. Gordon trat an diesen heran und antwortete: »Würden Sie mich bitte bei Ihrem Chef anmelden und sagen, dass ihn ein Lord Cicil aus Amerika in dringender Angelegenheit sprechen möchte.«

Der ältere Herr sah Gordon erstaunt an und nickte ihm zu. Danach nahm er sein Telefon und meldete Gordon an.

Eine geraume Zeit lang hielt der Mann den

Telefonhörer noch am Ohr, und Gordon sah, wie dieser nickte und etwas sagte.

Dann sah er auf und sagte zu Gordon: »Bitte nehmen Sie den Aufzug und begeben Sie sich in die zweite Etage. Im Konferenzraum Nummer 1 werden Sie von Lord Gordon Cicil persönlich erwartet.«

Gordon war erstaunt, dass er gleich vorgelassen wurde, und dachte: *Dieser Anwalt heißt Gordon, so wie ich? Es ist doch merkwürdig.*

Dabei zog er seine Augenbrauen hoch und wirkte in diesem Moment etwas nervös, aber auch gespannt und neugierig. Dann war es so weit und er betrat den auf das modernste eingerichteten Konferenzraum. Ein etwa 60-jähriger Herr, gekleidet in einen hellen Anzug, schlank mit ergrauten Haaren, leicht gebeugt, aber mit offenem Blick, stand am Fenster und sah Gordon interessiert entgegen. Gordon lüftete seinen Hut und der ältere Herr, kam ihm entgegen, streckte seine Hand zur Begrüßung aus und fragte gleichzeitig: »Sie sind ein Verwandter von mir? Wie ist das Verwandtschaftsverhältnis zu uns Cicils? Sie kommen aus Amerika, wie ich es vernahm.«

Er zeigte mit seiner Hand auf den in der Mitte des Raumes stehenden Tisch, welcher von mehreren Stühlen umringt war, und lud Gordon zum Platznehmen ein.

Gordon setzte sich auf einen der hellgrauen Ledersessel, dem älteren Herrn gegenüber, welcher ebenfalls Platz nahm.

Gordon antwortete: »Verzeihen Sie mir bitte diesen Überfall. Da ich meine Eltern und Großeltern hier in London suche, ist mir Ihre Kanzlei ins Auge gefallen. Ich vermute, dass Sie mir bei meiner Suche behilflich sein können.«

»Aber wie kann ich Ihnen helfen? Bitte erzählen Sie mir, wer Sie sind und warum Sie vermuten, mit mir verwandt zu sein.«

Gordon begann: »Mein Name, wie Sie ja schon wissen, ist Gordon Cicil.« Dann erzählte er seine Geschichte. Er schaute sein Gegenüber dabei sehr genau an.

Gordon begann mit dem Leben im Kinderheim und den wenigen Erinnerungen an seine Vergangenheit. Dass er noch wisse, dass sein Vater eine neue Frau nach Hause gebracht hatte, da die Mutter verstorben war. Und wie sein Großvater, an diesen konnte Gordon sich noch sehr gut erinnern, sich erboste, als diese neue Frau Gordon schlug.

Diese Frau war hager und hatte braunes Haar, nicht so, wie es seine Mutter hatte. Diese Frau war böse und Großvater nahm Gordon immer in Schutz. Er erzählte von seinen Erlebnissen im Heim, wie schlecht es allen Kindern dort ergangen war. Und dann erzählte er von der

Überfahrt nach Amerika mit der harten Arbeit dort, doch wie er es geschafft hatte, von dort wegzukommen, studiert hatte und letztendlich in die amerikanische Politik aufgestiegen war. Auch von seiner Tätigkeit in Richmond und Washington D.C. berichtete er. Ein paar Mal musste er kurz aussetzen, da die Erinnerungen an die schlimmen Jahre im Heim sowie die Jahre des Eingesperrtseins, mit schwerer Arbeit verbunden, ihm das Erzählen schwer machten.

Der ältere Herr schaute ihn erschrocken mit weit geöffneten Augen an und sagte dann sehr leise und er senkte langsam den Blick: »Sie sind Gordon? Das kann doch nicht sein. Wie ...« Er kam nicht weiter, denn plötzlich begann er zu zittern und Tränen liefen über sein Gesicht. Dann stand er auf, ging zum Fenster, sah hinaus, drehte sich wieder um und ging schließlich auf Gordon zu. »Du bist mein Sohn, den ich für tot glaubte. Du lebst und bist hier, hier bei mir. Der Herrgott im Himmel hat mir meine große Schuld vergeben und mir meinen Sohn wiedergebracht.« Er streckte Gordon seine beiden zitternden Hände entgegen und nahm ihn anschließend zögerlich in seine Arme.

Gordon war in diesem Moment nicht fähig zu reagieren, bis er sich besann und die Umarmung erwiderte. Er konnte dabei nicht gleich einen klaren Gedanken fassen, so überwältigt von Gefühlen war er, aber dann kamen sie, die Gedanken: *Wie ist das alles nur möglich? Was hat unser Herr im Himmel nur mit mir noch alles vor? Ich habe einen Vater, der dachte, ich bin tot. Sehr eigenartig.*

Beide weinten vor Glück und setzten sich wieder auf ihre Sessel.

Dann fragte Gordon: »Deine Frau, was wird sie dazu sagen, wenn ich wieder in dein Leben trete?«

»Meine Frau lebt seit mehreren Jahren nicht mehr. Sie hat mir nicht sehr gutgetan. Wegen ihr habe ich mich viele Jahre lang in meine Arbeit geflüchtet.«

»Hast du noch andere Kinder?«

»Nein, meine zweite Frau hatte nie was übrig für Kinder, und deshalb habe ich dich auch sehr vermisst. Du musst etwa neun Jahre alt gewesen sein, da wollte ich dich zurückholen, da kam sie und sagte mir, dass du bei einem Brand im Kinderheim ums Leben gekommen seist. Ich wollte dich danach unbedingt für eine Beerdigung zurück, aber man sagte mir, du seist schon beigesetzt worden, da du ja nur noch Asche warst. Ich glaubte es und war danach unfähig, noch einmal nachzufragen.«

»Lebte da mein Großvater noch?«

»Ja, aber er war zu dieser Zeit schon sehr krank, und als er das erfuhr, starb er innerhalb weniger Tage.«

Gordon war bestürzt, als er dies hörte, denn er schaute sehr ernst und seine Lippen presste er zusammen und seine Hände faltete er so fest, dass die Fingerspitzen weiß wurden.

Dann fragte Gordon noch: »Ich habe immer neue und gute Kleidung ins Heim bekommen. Von wem kam diese?«

»Dies habe ich veranlasst. Mein Bruder, dein Onkel, hat in meinem Auftrag die Kleidung für dich geschickt. Meine Frau durfte doch nichts erfahren, denn dann hätte sie es untersagt. Sie war so eigenwillig und auch sehr anstrengend.«

»Deswegen dachte ich, dass ich in dieser Kanzlei meinen Onkel vorfinden werde. Aber ich bin sehr froh, stattdessen dich, lieber Vater, hier zu finden. Das war und ist Gottes Wille. Ich habe unserem Herrgott so vieles zu verdanken. Er hat mich durch die Schwere meines Lebens geführt und mich behütet und beschützt. Lebt mein Onkel auch hier in London?«

»Leider lebt mein Bruder Johannis nicht mehr. Am 19. Februar 1917 wurde er als Kapitän der Royal Navy mit seinem Kriegsschiff ›Lady Olive‹ versenkt und ist seitdem verschollen.«

»Dann weiß ich jetzt, warum ich nach 1917 keine neue Kleidung mehr ins Kinderheim bekam«, sagte Gordon.

»Komm, mein lieber Sohn, wir gehen nach oben in meine Wohnräume. Dort werden wir uns etwas zum Dinner auftafeln lassen, so können wir uns auch noch besser kennenlernen.«

Jacob saß zu dieser Zeit in seinem Automobil, das er gemietet hatte, und war auf dem Weg in seine einstige Heimatstadt.

Ein Gefühl des Nach-Hause-Kommens durchströmte ihn beim Anblick der grünen Wiesen und der blühenden Landschaften. Die Sonne stand an einem wolkenlosen Himmel, als er in eines der Hotels von Barbican eincheckte. Anschließend machte er sich auf den Weg zum Haus seiner Vorfahren. Jacob fand es nicht gleich, denn er hatte es sich etwas anders vorgestellt und kam nicht am Haus an, sondern an einem kleinen Grundstück, auf dem er im Hintergrund ein graues Steinhaus entdeckte, das von Blumen und Hecken umgeben war.

»Ist das schön hier!«, entfuhr es ihm.

Noch eine ganze Weile sah er sich diese Schönheit an, bevor er den Rückweg antrat.

»Mr., suchen Sie etwas?«, erklang plötzlich hinter ihm eine helle Mädchenstimme.

Erschrocken, seine Augenbrauen gingen in die Höhe, blickte er sich um. »Entschuldigung! Leider habe ich mich verlaufen. Wahrscheinlich bin ich versehentlich in die falsche Richtung gegangen. Ich suche das Grundstück mit dem Herrenhaus der Lords Hailsham«, sagte er und schaute in ein lächelndes, liebliches Gesicht. Er war fasziniert von dieser jungen Frau mit ihren großen blauen Augen und den schwarzen Haaren, denn er betrachtete diese eingehend und verwundert. Dabei überzog eine leichte Röte das Gesicht des Mädchens.

»Sind Sie ein Käufer? Wollen Sie anschließend hier wohnen?« Sie sah ihn fragend an und fügte hinzu: »Das würde mich sehr freuen, wenn dieses schöne große Haus endlich wieder bewohnt würde. Ich kenne es sehr gut, da meine Mutter als Kindermädchen im Haus Hailsham gearbeitet hat. Als die Herrschaften nicht mehr lebten und auch keines der Kinder mehr im Hause wohnte, war Mutter mit mir oft dort und hat die Zimmer gereinigt. Seit ein paar Jahren kann sie es nicht mehr, da sie an einer Gichterkrankung leidet, und seitdem gehe ich, gemeinsam mit ein paar Frauen aus dem Ort, und reinige die Zimmer.«

»Das ist sehr interessant, was Sie mir da erzählen. Wäre es sehr vermessen, wenn ich mit Ihrer Mutter einmal über die Familie Hailsham sprechen könnte? Im Übrigen, mein Name ist Jacob Hailsham«, und er verbeugte sich vor der jungen Frau.

»Sie sind Lord Hailsham?«, erwiderte sie und zog erstaunt die Augenbrauen hoch. »Dann sind Sie eines der Kinder, die Mutter vor vielen Jahren betreut hat. Oder irre ich mich? Und im Übrigen, ich heiße Susi Kennedy.« Lächelnd reichte sie Jacob ihre Hand.

»Das stimmt, ich bin ein Nachkomme und eines der Kinder. Ich hatte noch eine Schwester, wissen Sie das?«

»Ja, das hat mir Mutter oft erzählt.«

»Ich muss Ihre Mutter unbedingt sprechen. Es kann doch sein, dass sie weiß, wo meine Schwester sich aufhält.«

»Wollen Sie gleich mit ihr sprechen? Denn sie ist im Haus und freut sich immer, wenn Besuch kommt.«

»Ich würde mich sehr freuen, danke.«

Das Haus war ein größeres Cottage, sehr gepflegt von außen, doch als sie es betraten, wirkte es von innen recht in die Jahre gekommen, aber immer noch anheimelnd. Jacob gefiel es sehr.

Susi klopfte an eine der Holztüren und öffnete diese vorsichtig. Dann hörte Jacob sie sagen: »Mutter, wir haben Besuch und du wirst staunen, wer es ist.«

»Dann lass ihn doch herein, Kind«, sagte eine sanfte Frauenstimme.

Susi öffnete die Tür weit, sodass Jacob eintreten konnte.

Die ältere Dame saß in einem hohen Lehnstuhl mit buntem Blumenmuster und sah ihm interessiert entgegen.

Jacob verbeugte sich zur Begrüßung und hauchte einen Handkuss auf die ausgestreckte Hand der alten Dame. Dabei entgegnete er: »Sehr geehrte Mrs Kennedy, herzlichen Dank, dass ich Sie sprechen darf. Ich möchte mich vorstellen, mein Name ist Jacob Hailsham und ich bin hier, um mein einstiges Zuhause zu suchen und meine kleine Schwester zu finden.«

Die Mutter von Susi sah den jungen Mann mit großen Augen und ungläubigem Blick an. Es dauerte noch eine ganze Weile, bis sie ein Wort sagte. Sie zitterte leicht, als sie endlich antwortete: »Mein lieber junger Mann, Sie sind also Jacob, der kleine Junge von damals, als ich Sie und die kleine Scarlett betreute. Ich kann es kaum glauben, Sie hier bei mir. Aber die kleine Scarlett, die habe ich nie wiedergesehen.«

»Liebe Frau Kennedy ...«

»Bitte sagen Sie doch Mammu Anna zu mir und du, so wie Sie es damals als Kind taten, denn ich liebte es, wenn ihr Kinder mich so nanntet.«

»Danke, liebe Mammu Anna. Jetzt, wo du es mir erzählst, kann ich mich noch sehr gut daran erinnern. Mammu Anna, ja, da kommen mir wieder die Erinnerungen. Du hattest auf deinem Kopf eine weiße Haube und du erzähltest mir immer so schöne Geschichten.«

Bei diesen Erinnerungen glitt Jacob ein Lächeln über das Gesicht, und ein warmes Gefühl, als ob er nach Hause gekommen sei, durchströmte ihn.

Dann erzählte er weiter: »Du, Mammu Anna, hattest sehr oft meine kleine Schwester auf dem Arm. Das Bild habe ich noch sehr deutlich vor Augen.«

»Ja, ich habe Scarlett als eine Ersatzmutter gemeinsam mit eurer Großmutter gepflegt. Ich war da noch sehr jung und ungebunden, das war eine sehr schöne, aber auch eine sehr kurze Zeit. Eure lieben Eltern, sie wollten nach Amerika, da Lord Frederick dort geschäftlich zu tun hatte, und da sie nicht mehr nach Hause kamen, wurde alles anders. Euer Großvater fing an krank zu werden, als er von diesem Unglück hörte, und verstarb. Eure Großmutter machte es ihm nach, und innerhalb von ein paar Wochen lag sie ebenfalls krank danieder. Sie konnte aber noch vieles ordnen, so als hätte sie gewusst, dass sie bald sterben muss. Sie starb nach eurem Großvater.

Das war auch für mich sehr schwer, denn noch an dem Tag ihrer Beisetzung wurdest du, lieber Junge, von einem Anwalt, der ganz plötzlich im Herrenhaus erschien, abgeholt. Ich habe bis heute nicht erfahren können, wo man dich hingebracht hatte. Die kleine Scarlett wurde am darauffolgenden Tag einer Klosterschwester übergeben. Woher diese kam und wohin man das Kind brachte, erfuhr ich auch nie.«

Die liebe Mammu konnte nicht weitersprechen, denn sie konnte ihre Tränen kaum zurückhalten. Aber dann erzählte sie weiter: »Als ihr Kinder nicht mehr im Haus wart, kam ein anderer Anwalt und alle Bediensteten des Hauses wurden in den großen Salon gebeten. Dort berichtete er, dass der Verwalter ab sofort für das Haus und das gesamte Grundstück mit allen dazugehörigen Gebäuden verantwortlich sei. Dann wurden aus dem Testament der Lady, deiner Großmutter, mehrere Anweisungen vorgelesen. Da stand, dass alle Zimmer in dem Zustand verbleiben sollen, bis ihre Enkelkinder *wieder in dieses Haus zurückkommen. Das ganze Haus soll einer monatlichen Reinigung unterzogen werden, so lange, bis es wieder bewohnt wird. Der Garten soll von dem hiesigen Gärtnereibetrieb weiterhin gepflegt und bearbeitet werden. Die Arbeiten werden über eine befreundete Anwaltskanzlei bezahlt. Auch die Unterbringung meiner Enkel wird über einen Anwalt veranlasst. Ich hoffe, dass er es so organisiert, wie es mein Wille ist. Die Gelder dazu liegen bereit. Meine Spenden an das Kloster werden weitergezahlt. Das größere Cottage, welches im vergangenen Jahr renoviert wurde, gehört ab sofort meiner lieben Freundin Anna. Das Verwalterhaus wird meinem Vertrauten und Verwalter als Eigentum überschrieben. Meine Anwaltskanzlei hat es bereits veranlasst. Alle anderen, die mir immer zur*

Seite gestanden und gute Arbeit geleistet haben,
auch alle meine Dienstboten, bekommen eine gute
Abfindung, welche über die befreundete Anwalts-
kanzlei ausgezahlt wird.

An all das kann ich mich noch sehr gut erinnern, denn es war für alle Anwesenden sehr
ergreifend, dass die Lady alles noch vor ihrem
Ableben veranlasst hatte.«

»Liebe Mammu Anna, kannst du es mir wirklich nicht sagen, welche Anwaltskanzlei für uns
Kinder die Unterbringung organisiert hat? Hast
du es später vielleicht einmal gehört? Kannst du
es vergessen haben?«

»Nein, keiner hat jemals etwas heraus-
bekommen, auch später nicht. Wir bekamen
nur mit, wie eine der Zisterzienserschwestern
im Haus erschien und einen Tag später unsere
kleine Scarlett in ein Automobil gesetzt wurde
und man sie wegbrachte. Wir vermuteten
daraufhin, dass man sie in die Buckfast Abbey,
in die Grafschaft Devon, gebracht hat, aber Ge-
naueres wussten wir nicht. Ein paar Mal haben
wir versucht, in Erfahrung zu bringen, wie es
euch geht und wo ihr seid. Aber all unsere Bemühungen waren umsonst, und so vergingen
die Jahre.«

Jacob, der sich auf einen Sessel gesetzt hatte,
erhob sich langsam, ging zum kleinen Fenster,
sah hinaus und schwieg.

Mammu hielt ihren Kopf gesenkt und schüttelte diesen leicht hin und her.

Susi stand neben dem Sessel ihrer Mutter und hielt ihre Hand fest in ihrer.

Langsam trat Jacob wieder zu Mammu Anna und Susi heran und fragte: »Mammu Anna, kannst du mir sagen, wer es war, der für mich das Kinderheim aussuchte?«

»Mein lieber Junge, ich weiß es wirklich nicht, aber unser Verwalter könnte mehr wissen, da er immer, wenn ich ihn danach fragte, auswich. Er hat mir nie eine Antwort gegeben.«

Jacob reichte Mammu Anna dankend die Hand, nickte Susi dabei lächelnd zu und sagte: »Vielen Dank für alles, was ich erfahren durfte, und vor allem, dass ich dich, liebe Mammu, hier traf. Du bist für mich noch immer eine der wichtigsten Personen in meinem Leben. Jetzt habe ich nur noch einen Wunsch, meine Scarlett zu finden.«

Susi sagte, und dabei trat eine leichte Röte in ihr Gesicht: »Sie finden Ihre Schwester, das weiß ich gewiss. Unser Vater im Himmel wird Ihnen dabei helfen.«

Jacob verließ die beiden mit den Worten: »Ich komme wieder und wir werden uns nicht mehr aus den Augen verlieren«, drehte sich um und verließ das Cottage.

Susi ging ein Stück mit ihm mit und zeigte ihm den Weg zum Herrenhaus.

Kapitel 7

Jacobs Suche nach Scarlett, Herbst 1937

Das Jahr ging langsam dem Ende entgegen, und in ein paar Wochen war Weihnachten.

Gordon traf sich mit Jacob im Haus seines Vaters, um ihn vorzustellen und gemeinsam das Weihnachtsfest zu planen.

Dabei fragte er Jacob: »Hast du deine Schwester gefunden?«

»Leider noch nicht, aber ich bin auf der Suche nach einer der Anwaltskanzleien, die meine Großmutter damals für all ihre Angelegenheiten angab.«

Gordons Vater vernahm dies, da sie gemeinsam im kleinen Salon der Wohnung des Lords Cicil saßen und Tee tranken.

Gordons Vater fragte: »Sie, Lord Hailsham, sprechen von der Lady Mary Hailsham?«, und schaute Jacob fragend an.

»Ja, sie war meine Großmutter.«

»Sehr interessant, denn diese Lady kannte ich. Sie war eine sehr gute Freundin deiner Großmutter, Gordon. Die beiden kannten sich

aus ihrer Kinder- und Jugendzeit. Deine Großmutter, die Mutter deiner Mutter, lebte mit ihren
Eltern in Plymouth, und dort gingen die beiden
gemeinsam in eine Mädchenschule. Lady Mary
stand bis zu Großmutters Tod mit ihr in Ver-
bindung. Meine liebe Schwiegermutter war
schon nicht mehr unter uns, da stand eines
Tages ihre Freundin Mary vor meiner Tür und
sie kam mit einer Bitte, die ich ihr nicht aus-
schlagen konnte. Gemeinsam mit meinem besten Anwalt haben wir ihr Testament aufgesetzt,
so wie sie es uns angab.

Sie war damals noch rüstig und keiner dachte,
dass sie innerhalb weniger Wochen nicht mehr
unter uns weilen würde. Aber wir konnten nach
ihrem Ableben ihre Wünsche ausführen. Dann
waren da noch die Enkelkinder, die einer weit-
läufigen Verwandten von Lord Hailsham, die
noch am Tag der Beisetzung der Großmutter
plötzlich in unserer Kanzlei erschien, übergeben wurden. Sie legte uns ein Schriftstück
vor, das besagte, dass beide Kinder in ihre Obhut übergeben werden sollten. Das Dokument
war unterschrieben mit dem Namenszug Ihrer
Großmutter und datiert auf den Tag, an dem
Lady Mary uns ihr Testament übergeben hatte.
Demzufolge war das Schriftstück rechtsgültig
und wurde von uns so angenommen.

Wie ich später erfuhr, wurden Sie, lieber Jacob,

in das gleiche Kinderheim gebracht, in dem auch mein Sohn Gordon lebte. Ihre Schwester, das kleine Mädchen, das Ihrer Großmutter so sehr am Herzen lag, befand sich laut Recherche unserer Kanzlei in der Buckfast Abbey in Buckfastleigh in der Grafschaft Devon, in einem Zisterzienser-Kloster.

Ich konnte es damals nicht fassen, warum diese Verwandte die Kinder abgeschoben hatte, obwohl sie uns versichert hatte, die beiden in ihrer Obhut großzuziehen. Später, nach mehreren Jahren, berichtete mir meine rechte Hand in der Kanzlei, dass diese Lady Hailsham versuchte, das Testament Ihrer Großmutter außer Kraft zu setzen, mit der Begründung, der Enkelsohn wäre verschollen und die Enkeltochter nicht in der Lage, einmal ein so großes Anwesen zu führen, sie wäre schwachsinnig. In diesem Fall sei nur sie die einzige Nachkommin, die alles übernehmen könnte. Als ich das hörte, wurde ich hellhörig und suchte nach der kleinen Scarlett und nach Ihnen, lieber Jacob. Es waren bereits viele Jahre vergangen, und ich weiß, als ich mit der Suche begann, schrieb man das Jahr 1920. Das kleine Mädchen fand ich im Kloster, aber die durften Scarlett nicht an mich aushändigen. Sie, lieber Jacob, fand ich leider nicht, denn man sagte mir, dass sie nach Amerika gebracht wurden. Alle meine Bemühungen, etwas zu erfahren, waren vergebens, denn man erzählte mir nie die Wahrheit. Später erfuhren wir, warum. Das Heim, wie auch die zuständigen Behörden, war verpflichtet, dass niemals etwas über die Verschiffung von Kindern ins Ausland ans Tageslicht kommen durfte, und so waren mir die Hände gebunden. Ich weiß nur, dass man heute noch die Kinder aus den Heimen wegbringt.«

»Und diese Verwandte, wer war sie und wie hieß sie? Hat sie irgendwann das Erbe angetreten?«, fragte Jacob stockend, denn seine Aufregung kannte keine Grenzen, und er knetete seine Hände, die leicht zitterten.

»Vor etwa fünf Jahren erfuhr ich, dass diese Lady Hailsham verstorben sei, noch bevor sie einen Fuß auf das Grundstück oder in das Haus setzen konnte. Auch die Jahre zuvor konnte sie nichts ausrichten, da sie schwer erkrankt daniederlag. Dadurch war es für alle im Testament Bedachten möglich, ihr Erbe anzutreten, aber auch die Aufgaben, die sie von Ihrer Großmutter bekamen, auszuführen. Diese Lady hieß Amalia Hailsham und lebte in Plymouth in einer Stadtvilla. Sie war eine Nichte Ihres Großvaters und die letzte lebende Verwandte.«

Jacob nickte dazu und Schweigen trat ein. Nur das Klirren beim Absetzen der Teetassen war zu vernehmen. Gordon, der in diesem Augenblick Jacobs Blick begegnete, sah darin einen

Hoffnungsschimmer und sagte: »Jetzt, wo du weißt, dass deine Schwester in der Abbey in Buckfastleigh war, wirst du sie dort suchen oder auch finden. Ich bin auch sehr erstaunt, wie eng wir doch verbunden sind. Das hätte ich doch niemals für möglich gehalten.«

»Ich auch nicht«, sagte Jacob und blickte dann zu Gordons Vater. »Vielen Dank, Lord Cicil, für Ihre Auskunft. Ich bin sehr erstaunt, dass Sie alles noch so genau wissen, denn es sind doch viele Jahre seitdem vergangen.«

Der Lord nickte nur lächelnd.

Nach dem Gespräch verabschiedeten sie sich und verabredeten, an Weihnachten gemeinsam zum Gottesdienst zu gehen.

Gordon fragte Jacob, bevor die beiden sich trennten: »Was wirst du jetzt machen? Fährst du in die Grafschaft Devon zur Abbey? Und soll ich dich begleiten? Noch kann ich es, denn in der kommenden Woche muss ich mich in Washington D.C. sehen lassen und meinen Bericht abgeben. Die warten schon seit längerem darauf.«

»Gordon, wenn du es zeitlich machen kannst, wäre ich sehr froh, wenn du mich begleiten würdest.«

»Gut, dann fahren wir gemeinsam und suchen deine kleine Schwester. Wir werden sie finden, glaub mir, denn gemeinsam schaffen wir alles. Das weißt du ja«, sagte Gordon und lachte dabei leise auf und nahm seinen besten Freund in seine Arme. Danach gingen sie auseinander und Jacob lief zu seinem Auto und fuhr ins Hotel.

Gordon ging zurück zu seinem Vater, bevor auch er ins Hotel fuhr und sich zur Ruhe legte, denn es war sehr spät geworden.

Schon am darauffolgenden Tag fuhren die beiden Freunde gemeinsam nach Buckfastleigh und mieteten sich dort in eine Pension ein.

»Gordon, als wir in den Ort fuhren, sah ich die Abbey. Ich möchte gleich dorthin und nach Scarlett fragen. Kommst du mit?«

»Ich habe es dir doch versprochen. Ich komme mit!«

Sie liefen zur Abbey, die nur ein paar hundert Meter von ihrer Pension entfernt war. Schnell hatten sie den Eingang gefunden, und eine der Zisterzienserinnen begleitete sie zu Schwester Marys Arbeitszimmer.

Die schon etwas ältere Schwester meldete die jungen Herren bei ihrer Oberin Schwester Mary an.

Daraufhin betraten sie das Arbeitszimmer und verbeugten sich leicht vor der Oberin. »Unser Herr und Gott sei mit uns und allen, die dieses Haus bewohnen«, begrüßten sie sie.

Schwester Mary nickte den beiden wohlwollend zu. Dann fragte sie nach ihren Wünschen. Jacob konnte nicht länger warten und platzte gleich mit seiner Frage heraus, aber zuvor stellte er sich vor und sagte: »Sehr geehrte Lady, mein Name ist Lord Jacob Hailsham, und ich bin auf der Suche nach meiner Schwester, Scarlett Hailsham. Wie ich hörte, lebte oder lebt sie hier in der Abbey. Ist sie noch hier?«

»Das tut mir sehr leid, aber unsere Schwester Scarlett hat uns schon vor mehreren Jahren verlassen, und wie ich weiß, lebt sie in London.«

Schwester Mary sah Jacob lächelnd an und sagte noch: »Sie war, als sie bei uns lebte, unser Sonnenschein. Scarlett war ein sehr intelligentes Kind und sehr lieb. Alle unsere Schwestern waren traurig, als sie uns verließ. Wie ich noch erfahren habe, ist sie eine Ärztin geworden und hat einen Doktortitel erlangen können. Als sie noch bei uns lebte, ahnte ich es schon, dass aus ihr mal etwas Großes wird.«

Jacob war sprachlos geworden und schaute erstaunt zu Gordon. Gordon drehte seinen Hut in den Händen und lächelte seinem Freund mit einem Kopfnicken zu.

Dann sagte Jacob, sich zu Schwester Mary neigend und ihr seine rechte Hand reichend: »Vielen Dank, liebe Schwester Oberin, für die Auskunft. Wir werden wieder nach London reisen und nach ihr suchen. Jetzt, nach Ihrer Aussage, wissen wir, wo wir nach ihr suchen können.«

Die beiden verabschiedeten sich und fuhren kurz darauf zurück nach London.

Am darauffolgenden Tag begannen die beiden in den Londoner Krankenhäusern nach Scarlett zu fragen. Schnell wurden sie fündig.

Jacob erfuhr, als er sich in der medizinischen University Queen Mary nach ihr erkundigte, alles Wichtige und war daraufhin so glücklich, dass er zu Gordon sagte: »Jetzt bin ich mir ganz sicher, dass ich hier in England bleiben werde. Bald halte ich meine geliebte kleine Schwester wieder in den Armen und dann ...« Jacob sprach nicht weiter, sodass Gordon ihn fragte: »Und warum noch? Welchen Grund gibt es da noch?« Er lächelte dabei, als ahnte er, was nun kommen würde.

»Vor ein paar Tagen habe ich in meinem Heimatort ein Mädchen kennengelernt. Wunderhübsch, mit großen blauen Augen und einem wundervollen Mund.« Jacob sagte dies mit einem verträumten Blick und seine Augen waren dabei in die Ferne gerichtet.

Gordon lachte auf, als er ihn so sah, nahm seinen Freund an beiden Schultern und rüttelte ihn sanft mit den Worten: »Du Glückspilz! Jetzt hat es dich erwischt, und das nicht in Amerika, sondern hier in England. Und willst du jetzt alle Zelte in Richmond abbrechen?«

»Ja, ich denke schon, denn dieses Mädchen und ihre Mutter sind auch noch ein Bindeglied zu meiner Familie. Susi, so heißt sie, führte mich zu ihrer Mutter und diese erzählte mir von meinen Eltern und Großeltern. Als junge Frau war sie unser Kindermädchen, unsere Mammu Anna.«

»Das ist interessant! Und wie ist dein Plan? Fliegst du noch einmal nach Richmond, oder wie läuft es mit deiner Bank?«

»Das Geschäftliche kann ich von hier aus per Telegrafie erledigen. Ich habe mir vorgenommen, sobald ich Scarlett gefunden habe, eine Filiale hier in London sowie in Plymouth zu eröffnen. Aber ein bis zwei Reisen werde ich noch tätigen, bis alles erledigt ist. Das wird im kommenden Jahr sein, denn vor Weihnachten geschieht nicht mehr viel.«

»Ich glaube, das machst du richtig«, antwortete Gordon und gab ihm einen leichten Klaps auf den Rücken. »Du weißt ja, wo du deine Schwester jetzt findest. Ich werde morgen nach Washington fliegen, aber in einer Woche wieder bei dir und Vater sein. Denn den Heiligen Abend wollen wir gemeinsam hier in London feiern. Nicht, dass du uns noch im Stich lässt, so verliebt, wie du aussiehst. Aber zu unserer kleinen Weihnachtsfeier bringst du deine Schwester mit, und wenn sie Familie hat, diese natürlich auch.«

»Ja, Gordon das würde mir gefallen. Komm du wieder gut zurück.«

Dann umarmten sie sich herzlich und verabschiedeten sich.

In den darauffolgenden Tagen versuchte Jacob in der medizinischen University Scarlett zu erreichen. Leider konnte er nur einen ihrer Doktoranden kennenlernen. Dieser berichtete, dass Scarlett zurzeit in Oxford an der medizinischen University Vorlesungen halte und dort eine kleine Wohnung habe. Sofort setzte sich Jacob in sein Automobil und fuhr nach Oxford.

Vor Ort fand Jacob nicht gleich die richtige Universität, denn es gab nicht nur eine in Oxford. Dann endlich hatte er sie gefunden und stand davor, trat durch das weit geöffnete Tor in einen gepflegten Garten. Rechts und links standen zweistöckige Gebäude und geradeaus führte eine breite Eingangstür in ein großes, ebenfalls mehrstöckiges, mit einigen bunten Bleiglasfenstern versehenes Gebäude. Alles sah sehr sauber aus und keine Studenten waren zu sehen. Er sah sich in Ruhe um, bis er durch die Tür ins Haus trat. Dort im Eingangsbereich befanden sich mehrere Türen, Jacob öffnete eine der größeren, hinter der sich der Speisesaal befand.

Dieser war leer.

Er ging von Tür zu Tür, fand aber keinen der Studenten.

Jacob lief weiter durch die engen Flure, bis er Stimmengewirr vernahm. Er ging darauf zu und kam in eine riesige Bibliothek, die aus mehreren Etagen bestand. Aber daraus kamen die Stimmen nicht, denn in dieser waren keine Studierenden. Dann endlich fand er die richtige Tür. Als er diese öffnete, kam er in einen großen Hörsaal, in dem sich viele Studenten aufhielten, und dann sah er eine zierliche Frau, sie stand vor den jungen Leuten und zeigte mit einem Zeigestock auf eine Tafel, die hinter ihr an einer Wand hing. Diese junge Frau hatte dunkelrotes, wunderschönes, welliges Haar, welches ihr auf die Schultern fiel. Ihre Stimme war fest und ausdrucksstark. Jacob stand wie angewurzelt, als er sie sah. Er wusste es, das war seine kleine Schwester. Jacob stand da und schaute sie nur an. Dann setzte er sich auf eine der freien Sitzgelegenheiten, ganz oben in der letzten Bankreihe, und versuchte sich ihre Ausführungen anzuhören. Dabei wusste er nicht, was sie da sprach, sondern er sah nur ihre Bewegungen, ihr schönes Gesicht mit den schönen großen Augen. Als die Vorlesung zu Ende war und die Studierenden den Saal verließen, erhob er sich langsam und rief: »Scarlett, Scarlett!«

Scarlett, die den Hörsaal gerade verlassen wollte, drehte sich um und schaute ihn an. An ihrem Blick war zu erkennen, dass sie gleich wusste, dass dieser edle Herr keiner ihrer Studenten war.

Jacob kam langsam auf sie zu, streckte seine Hände nach ihr aus und sagte: »Sie sind doch Scarlett Hailsham, meine kleine Schwester?«

Scarlett stand wie versteinert und blickte ihn ungläubig an. Ganz allmählich konnte sie begreifen, dass sie ihren Bruder vor sich hatte. Er hatte sie gefunden und war hier bei ihr.

Ihre Gedanken spielten Karussell. Plötzlich fing ihr ganzer Körper an zu zittern und Tränen bedeckten ihre Wangen. Dann sagte sie: »Bist du wirklich Jacob, mein Bruder, von dem ich erst vor Kurzem gehört habe? Ich wusste nicht, dass ich noch einen Bruder habe. Ich war zu klein, als wir getrennt wurden.«

Jacob nahm das zitternde Mädchen in seine Arme und strich ihr tröstend über den Rücken. »Meine liebe kleine Schwester«, sagte er, »jetzt sind wir wieder vereint, so wie es Großmutter immer wollte.«

Scarlett sah zu ihm auf und sagte: »Komm, wir gehen in meine Wohnung. Dort können wir uns weiter unterhalten.«

Ihre Wohnung befand sich auf dem Universitätsgelände und sie konnte von dort in den grünen Innenhof blicken.

»Sehr klein, aber gemütlich«, meinte Jacob, als er das Zimmer betrat.

»Komm, setz dich. Möchtest du Tee?« Scarlett trat in ihre kleine Küchenecke, bereitete Tee zu und stellte einen Teller Scones mit Clotted Cream auf den Tisch. »Bitte greif zu und lass es dir schmecken.« Noch immer mit leicht zitternden Händen schenkte sie den Tee in zwei zierliche Teetassen.

»Vielen herzlichen Dank, meine liebe Scarlett. Aber erzähle mir doch bitte alles aus deinem bisherigen Leben. Wie ich sehe, geht es dir recht gut, aber verheiratet bist du sicherlich nicht.«

Und Scarlett berichtete ihrem wiedergefundenen Bruder alles, was sie erlebt hatte, aber auch, was sie in ihrem Geburtsort gesehen hatte. Jacob war hochinteressiert zu erfahren, was Scarlett wusste, und befragte sie immer wieder, bis keine Fragen mehr offen waren. Dann erzählte er auch alles aus seinem Leben, mit all den schlimmen Ereignissen, aber auch den Erfolgen.

Die gemeinsame Zeit verging so schnell, dass beide nicht bemerkten, dass es dunkel wurde und die Abendstunden hereinbrachen.

Jacob nahm seine kleine Schwester noch einmal liebevoll in seine Arme und wollte sich mit den Worten verabschieden: »Meine kleine Scarlett, ich werde mich in eines der Hotels begeben und morgen können wir uns weiter unterhalten.«

»Aber Jacob, du kannst auch hier bei mir nächtigen. So können wir einander weiter von allem, was wir gemeinsam versäumt haben, erzählen. Du kannst hier auf meinem Sofa ruhen und ich gehe in mein kleines Schlafzimmer nebenan. Ich hoffe, dass es dir recht ist.« Dabei sah sie ihren geliebten Bruder liebevoll an.

»Das mache ich doch sehr gern, denn dich jetzt wieder verlassen zu müssen, fällt mir doch schwer.« Sie lachten und Jacob nahm Scarlett in seine starken Arme.

Am darauffolgenden Tag fuhren sie gemeinsam nach Plymouth und weiter nach Barbican, in ihren Heimatort, zum Elternhaus Hailsham.

Im Verwalterhaus trafen sie auf Mr Toyler, der sie zum Haus geleitete und auch viel zu erzählen hatte. Die Geschwister erfuhren von ihm, dass an diesem Tag für die Hausreinigung ein paar Frauen aus dem Ort da sein und das ganze Haus putzen würden. Er fragte die beiden, ob er die Reinigung absagen sollte, aber Jacob winkte ab und meinte: »Lassen Sie nur die Frauen die Zimmer putzen. So können wir sie kennenlernen und uns bei ihnen für ihre Arbeit bedanken.«

»Ja, Jacob, du hast recht«, sagte Scarlett und beide betraten kurz darauf ihr Elternhaus.

Nach einem Rundgang durch das Haus kamen die Frauen, und unter ihnen war auch Susi. Jacob ging gleich auf sie zu und begrüßte sie herzlich, mit einem strahlenden Lächeln im Gesicht.

Scarlett, die es sah, dachte: *Ob Jacob diese junge Frau liebt? Denn es sieht so aus. Das wird diese Susi sein, von der er erzählte, denn da bemerkte ich schon sein Strahlen in den Augen. Dann ist es die Tochter unseres ehemaligen Kindermädchens.*

Jacob und Susi traten an Scarlett heran und sie begrüßten sich und diese nahm die schöne Susi liebevoll in ihre Arme. Als sie Jacob wieder ansah, entdeckte sie bei ihm ein glückliches Gesicht, mit einem leichten Kopfnicken, das ihr galt.

Danach erzählte Jacob Susi, wie und wo er seine kleine Schwester wiedergefunden hatte.

Gemeinsam liefen sie durch das Elternhaus und Susi konnte den beiden Geschwistern noch vieles erzählen, was sie noch nicht wussten.

Erst am späten Nachmittag verließen sie das Anwesen. Jacob verabschiedete sich herzlich und mit einem zärtlichen Lächeln von Susi. Danach fuhren sie nach Plymouth in ihr Hotel. Am nächsten Tag wollten sie wieder zurück nach London fahren. Scarlett hatte in London ihre nächsten Aufgaben an der Universität und Jacob etliche Schreibarbeiten zu erledigen.

Es vergingen zwei Wochen und Scarlett reiste zurück nach Oxford. Sie war sehr aufgeregt, da sie endlich Adam wiedersehen würde.

Dann war es so weit und sie trafen sich im Stadtzentrum in einem der Pubs. Scarlett hatte sich ein elegantes dunkelgrünes Samtkleid angezogen und darüber trug sie einen braunen Wollmantel. Einen kleinen braunen Hut, passend zum Mantel, trug sie auf ihrem dicken, welligen Haar, welches ihr auf die Schultern fiel. Schlank und elegant betrat sie den Pub. Adam erwartete sie schon und erhob sich von seinem Sitzplatz, als er sie hereinkommen sah. Mit leicht zitternden Beinen und einem Kribbeln im Bauch begrüßte sie Adam, und Röte bedeckte ihr schönes Gesicht.

Adam bat Scarlett, sich zu setzen, und half ihr noch beim Ablegen ihres Mantels. Nachdem sie ihre Getränke bekommen hatten, erzählten sie aus ihrem bisherigen Leben. Adam fragte Scarlett, wie es ihr jetzt als Lady mit einem Doktortitel zwischen den vielen Lords mit gleichem Stand erginge und wie sie sich ihr zukünftiges Leben weiter vorstellte.

Scarlett sah ihn leicht errötend an und antwortete: »Adam, du willst sicherlich von mir hören, ob es einen Mann in meinem Leben gibt. Es gibt für mich nur einen Mann, den ich von ganzem Herzen liebe. Aber dieser ist leider schon gebunden und für mich unerreichbar.« Dabei sah sie nach unten auf ihre Hände, die sich im Schoß verkrampften.

»Aber Scarlett, wie kannst du dich in einen Mann verlieben, der verheiratet oder verlobt ist? Du bist so eine wunderschöne und intelligente Frau.« Dabei streckte er seine Hände über den Tisch und Scarlett reichte ihm ihre, die er ergriff und fest in seine nahm.

»Scarlett, wer ist dieser Mann? Ist es einer deiner Doktoren oder Professoren an der Universität?«

»Nein, Adam«, sagte Scarlett und sah ihn mit einem verliebten Lächeln an.

»Ich habe mich in dich verliebt.«

Adam saß da, mit offenem Mund und großen fragenden Augen. Dann zog er seine Hände von ihren weg. »Das ... das geht nicht! Ich bin verheiratet und glücklich. Scarlett, das kannst du nicht machen!«

»Aber ich liebe dich über alles!«, sagte sie und wurde dabei so laut, dass sich einige Gäste zu ihnen umsahen.

Adam schüttelte nur den Kopf, nahm eine ihrer Hände und sagte: »Meine Liebe, es tut mir sehr leid, dass es so gekommen ist, aber es geht nicht und wir dürfen uns nicht mehr sehen.«

»Aber Adam! Bitte!« Ein Weinkrampf überkam sie.

»Komm, Scarlett, wir gehen, und bitte sei vernünftig.«

Gemeinsam verließen sie den Pub und Adam

verabschiedete sich von ihr. Sie sah ihm nach, bis er um die nächste Ecke bog und aus ihren Augen verschwand.

Ihr Gesicht war nass von den Tränen, die immer noch flossen.

Langsam lief sie zu ihrer kleinen Wohnung und ließ sich dort auf ihr Bett fallen. Schließlich schlief sie ein.

Kapitel 8

Scarletts neues Leben bis zum Sommer 1936

Scarlett blieb eine ganze Woche in Barbican und traf sich mit dem Verwalter des Elternhauses, um sich den Schlüssel zu holen.

An einem verregneten Vormittag besichtigte sie es. Langsam und konzentriert betrat sie das große Haus. Im riesigen mit Holz vertäfelten Hausflur und vor den vielen Gemälden an den Wänden blieb sie stehen, sog den Geruch des Hauses in sich auf und schloss dabei kurz ihre Augen. Sie suchte in ihren Erinnerungen nach Einzelheiten, die ganz plötzlich kamen. Und so sah sie sich durch diesen Hausflur laufen und sie hörte dabei eine helle Kinderstimme, die rief: *Jacob, wo bist du? Such mich doch!*

Langsam verschwand diese Erinnerung und Scarlett betrachtete jedes einzelne Bild eindringlich. Danach ging sie von Raum zu Raum, bis sie in ein Zimmer trat, das durch große, breite Fensterfronten erhellt wurde. Lange Vorhänge an den Fenstern machten den Raum gemütlich und luden Scarlett ein, sich eine Weile dort aufzuhalten. Auf dem Kaminsims entdeckte sie einige Fotografien. Interessiert betrachtete sie die Fotos und die zwei Kinderbilder, die einen kleinen blonden Jungen und ein etwas kleineres dunkelhaariges Mädchen zeigten. Daneben stand ein Hochzeitsbild, es zeigte ein sehr schönes junges Paar. Die Frau hatte helles lockiges, bis auf die Schultern fallendes Haar. Das Brautkleid war eng geschnitten und eine lange Schleppe kräuselte sich vor ihren Füßen. Einen kleinen, aber schönen Blumenstrauß trug sie im Arm und in ihrem Haar steckte ein Diadem. Der Bräutigam hielt einen Zylinder und einen Gehstock in seinen Händen. Dann sah sie eine Fotografie, die ein älteres Ehepaar zeigte. Scarlett kamen bei der Betrachtung die Tränen und sie dachte: *Hier sehe ich meine ganze Familie, alle die ich verloren habe. Meine geliebten Eltern, wie jung und schön sie waren. Hier das Foto, das kann ich als Baby sein und daneben das Bild mit dem kleinen Jungen mit den hellen, welligen Haaren, das wird mein Bruder sein. Dass ich das alles nicht mehr wusste. Alle Erinnerungen an einen Bruder sind mir verloren gegangen und erst hier wieder, durch die Erzählung der lieben Wirtin, in Erinnerung getreten. Meine Großeltern, ja, das Gesicht der Großmutter, das habe ich lange in meinen Träumen gesehen, als ich noch ein Kind war.*

Scarlett musste sich auf einen der kleinen

Sessel setzen, die am Kamin standen, denn ihre Beine wurden schwer und die Tränen wollten nicht aufhören zu fließen.

Als sie sich etwas beruhigt hatte, ging sie in den nächsten Raum und weiter über einen schmalen, langen Gang, in dem an den Wänden weitere Bilder und Porträts hingen. Sie sah in manches der Gesichter und musste feststellen, dass sie sich in einem der Mädchenbilder wiedererkannte. Es zeigte ein junges schlankes Mädchen in einem weißen Kleid, mit langem, dunkelrotem Haar und herrlich großen dunkelgrünen Augen. Das Mädchen stand auf einer Wiese und im Hintergrund konnte sie das Elternhaus sehen. Scarlett entdeckte unter dem Bild ein kleines Messingschild mit einer Aufschrift, die lautete: »Scarlett Hailsham 1828.« Scarlett war überrascht, als sie es las, und dachte: *Dieses Mädchen sieht mir verblüffend ähnlich und es trägt auch meinen Namen. Wer war sie? Sie muss zum Zeitpunkt der Malerei glücklich gewesen sein, denn ich sehe ein Leuchten in ihren Augen, und dieser rote lachende Mund, wunderschön.*

Scarlett ging weiter, aber ihre Gedanken waren immer noch bei dem Mädchengemälde. Plötzlich sah sie eine Malerei, die einen jungen stattlichen Mann zeigte. Dieser saß auf einem Rappen und trug eine Uniform. Im Hintergrund entdeckte Scarlett wieder ihr Elternhaus, welches etwas verändert aussah. Es war damals, als das Bild gemalt wurde, viel kleiner und der Wald dahinter dichter und größer. Aber dieser junge Mann ähnelte dem Bild, welches sie als Fotografie auf dem Kaminsims gesehen hatte, ihrem Vater. Auf dem kleinen Schild unter dem Porträt stand: Lord Jacob Hailsham 1785. Und dann sah Scarlett ein übergroßes Bild einer Lady, als sie auf der breiten Treppe stand, die in das obere Stockwerk führte. Scarlett stand davor und staunte und dabei dachte sie: *Dieses Porträt ähnelt dem Bild, welches ich unten im Gang sah. Diese Dame hier ist etwas älter, aber immer noch sehr schön anzusehen. Und auch diese Dame sieht mir sehr ähnlich und sie lacht und strahlt Wärme und Glück aus.*

Die Dame auf dem Bild trug ein dunkelgrünes Kleid mit weißem Spitzenkragen, stützte sich mit einer Hand auf einen weißen Stockschirm und hielt die andere Hand hoch, als ob sie jemandem zuwinken würde. Ihr halblanges dunkelrotes, welliges Haar trug sie offen. Hinter ihr, etwas verdeckt, entdeckte Scarlett eine Bank aus Stein, die Bank, auf der sie schon gesessen hatte. Scarlett suchte nach einem Namensschild, fand aber leider keines.

Sie dachte: *Diese junge Dame könnte meine Großmutter in ihren jungen Jahren sein, denn ich gleiche doch eher meiner Großmutter. Meine Mutter hatte blondes Haar, und ihr gleiche ich kaum. Das Foto unten auf dem Kamin, meine Mutter lachte da, und sie war sehr schön, aber ich sehe ihr nicht sehr ähnlich.*

Als Scarlett in das obere Stockwerk kam und von einem Zimmer ins andere ging, kam sie schließlich in zwei nebeneinanderliegende Räumlichkeiten. Die eine schien ein Raum für einen kleinen Jungen zu sein und die andere ein Raum für ein sehr kleines Mädchen. In dem Mädchenzimmer befand sich ein Gitterbettchen aus Eisen mit einem weißen Himmel und in diesem lagen kleine Puppen. In einer Ecke des Zimmers stand ein Puppenwagen mit riesigen Rädern und rundherum lagen verschiedene Spielsachen wie Puppen und Bälle. Über dem Rand eines kleinen Tischchens hing winzige Mädchenkleidung. Alles sah sehr sauber und gepflegt aus, als ob hier in dem Zimmer noch ein Kind lebte und spielte. Auch in dem Raum für den Jungen lagen die Spielsachen und Kleidungsstücke säuberlich geordnet.

»Sehr verwunderlich, dass die Kinderkleidung nicht im Schrank liegt«, sagte Scarlett laut zu sich selbst, »sondern draußen hängt. Und so sauber, als ob sie gleich angezogen würde.«

In diesem Augenblick kam schwer atmend der Verwalter die Treppe herauf. Langsam lief er den langen Gang bis zum Kinderzimmer und trat an Scarlett heran. Er sagte: »Ja, das war der Wunsch Ihrer Großmutter. Sie hat mir auf ihrem Sterbebett aufgetragen, alles so, wie Sie es hier sehen, bis zu Ihrer und Ihres Bruders Rückkehr beizubehalten. Denn so sahen die Räume aus, als Sie diese als kleine Kinder für eine sehr lange Zeit verließen. Ihre Großmutter sagte mir noch: ›Mein lieber Freund und Vertrauter, bitte pflegen Sie alles bis zu dem Tag, an dem meine geliebten Enkelkinder ihr Elternhaus wieder betreten. Vielleicht können sie sich dann wieder an die schönen gemeinsamen Zeiten erinnern.‹«

Scarlett schnürte es den Hals zu, als sie das hörte, und Tränen liefen über ihre Wangen. Dann ging sie in die Spielecke des Mädchenzimmers und nahm eine der Puppen in die Hand, die nicht mehr sehr gepflegt aussah. Eine vage Erinnerung stieg in ihr auf, diese schon gesehen zu haben. Sie drückte die kleine weiche Puppe innig an sich und nahm sie mit, als sie das Haus verließ. Dabei dachte sie: *Wer wird in diesem, dem Haus meiner Vorfahren, eines Tages leben? Werde ich es sein? Ich kann es mir nicht vorstellen, es schmerzt mich zu sehr, dass meine Familie nicht mehr hier lebt.*

Noch in ihre Gedanken versunken ging sie zum Hotel zurück und packte ihre Sachen. Sie musste wieder zurück nach Oxford, denn ihre

Arbeit rief sie, aber auch die Sehnsucht nach Adam. Sie musste ihn unbedingt wiedersehen.

Kapitel 9

Die große Liebe, 1937 bis 1938

Heiligabend 1937, Gordon war wieder in London und besuchte mit seinem Vater den Gottesdienst. Mit Jacob war ausgemacht, sich dort zu treffen und anschließend gemeinsam das Weihnachtsfest zu begehen.

Als Gordon die Southwark Cathedral betrat, entdeckte er Jacob mit einer wunderschönen Frau an seiner Seite. In diesem Augenblick stockte Gordon der Atem. So eine wunderschöne Lady hatte er noch nie gesehen. Er blieb wie angewurzelt stehen, sodass sein Vater ihn fragte: »Gordon, was ist? Wollen wir nicht zu Jacob gehen, ihn und seine Begleitung begrüßen?«

Gordon, wie immer sehr elegant gekleidet, nickte, und dabei fiel ihm eine Haarlocke in die Stirn. Dann gingen sie gemeinsam auf die beiden zu. »Ich freue mich, dass du gekommen bist«, sagte Gordon langsam. Er konnte vor lauter Bewunderung für die Dame neben Jacob kaum sprechen.

»Darf ich dir meine Schwester Scarlett vorstellen? Und dieser gutaussehende Lord«, und Jacob zeigte dabei auf Gordon, »ist mein bester Freund und Weggefährte Gordon Cicil. Und dieser elegante ältere Herr neben ihm ist sein Vater, Lord Cicil.«

Mit einer leichten Verbeugung reichte Gordon ihr seine Hand und hauchte ihr einen Kuss auf die behandschuhte Hand. Scarlett neigte leicht ihren Kopf und eine zarte Röte überzog ihre Wangen. Dadurch sah sie noch schöner aus.

Gemeinsam gingen die vier zu den vorderen Bankreihen und setzten sich, um den Weihnachtsgottesdienst zu verfolgen. Während der ganzen Zeit konnte Gordon kein Auge von Scarlett lassen.

Nach Ende des Gottesdienstes fuhren sie mit ihren Autos zur Villa der Familie Cicil, die sich in einem der größeren Ortsteile Londons befand. Dort, in dem wunderschön geschmückten Saal des Hauses, brachten Angestellte duftendes Gebäck und fruchtige Köstlichkeiten, wie Orangen, Bananen, Datteln, Feigen und Äpfel, die auf großen Schalen geschmackvoll serviert wurden. Auf einem separaten Tisch standen Tee, Wein, Whisky und Cognac. Um den Tisch herum befanden sich kleine, zierliche Sessel, auf denen alle Platz nahmen. Gordon stand auf und begrüßte noch einmal seine beiden Gäste mit den Worten: »Ich bin sehr glücklich, dass ihr hier bei uns, meinem Vater und mir, seid. Ich danke euch dafür.« Dann sagte er noch und sah dabei zur hohen Zimmerdecke: »Auf das Wort unseres Herrn kann man sich verlassen, und was er tut, das tut er aus Liebe. Wer keinen Halt mehr hat, den hält der Herr, und wer schon am Boden liegt, den richtet er wieder auf. Du bist aus Liebe zu uns als kleines Kind auf diese Erde gekommen. Dank sei dir, mein himmlischer Vater.«

Danach ging er zu dem Flügel, der in einer der Ecken des Saales stand, setzte sich und begann eines der bekanntesten Weihnachtslieder zu spielen.

Scarlett stand auf, ging zu ihm und begann, ihn mit ihrem Gesang zu begleiten. »Silent Night ...« (Stille Nacht). Es war wie ein Rausch für alle. Diese Stimme, so rein, so sanft und wunderschön.

Als Gordon das Lied beendete und seine Hände von den Tasten nahm, schaute er Scarlett an. Er konnte nicht gleich etwas sagen, so verzaubert war er. Dann aber kam ein Lächeln über seine Lippen, und dabei bildeten sich Grübchen in seinen Wangen. Er erhob sich und sagte zu Scarlett: »Sie haben eine bezaubernde Stimme, ich danke Ihnen.« Dabei verbeugte er sich vor ihr und nahm ihre Hand und hauchte einen Kuss darauf.

Scarlett lächelte nur und setzte sich wieder in ihren Sessel.

Danach unterhielten sie sich über all das, was Jacob und Gordon gemeinsam erlebt hatten, und auch Scarlett erzählte aus ihrem Leben.

Gordon war begeistert von Scarlett. Immer wieder musste er sie ansehen, und dabei leuchteten seine Augen und sein Mund formte ein Lächeln. Er sah glücklich aus.

Es wurde spät, die Nacht brach herein und Gordon lud seine und seines Vaters Gäste zum Übernachten ein.

Am nächsten Tag, dem Weihnachtstag, überraschte er seine Gäste mit einem zauberhaft geschmückten Christbaum und einigen Geschenken.

Jacob war sprachlos, was Gordon alles in der kurzen Zeit, in der er in England war, organisiert hatte. Auch er und Scarlett überreichten ihren Gastgebern kleine Geschenke. Nach dem guten Frühstück und einem gemütlichen Beisammensein begann das Festtagsmahl. Im Speisesaal stand eine lange Tafel und auf ihr dufteten leckere Speisen. Es gab Truthahn, gefüllt mit Kräutern und Trockenobst, dazu gebackene Kartoffelscheiben. Dann wurde Yorkshire Pudding mit Rosenkohl, Preiselbeeren und Soße auf die Tafel gestellt sowie ein Nussbraten. Danach wurde der Christmas-Pudding serviert, eine Vanillesoße mit Obst, Biskuit und Schlagsahne. Man brachte Mandeln, Sultaninen und kandierte

Kirschen, darüber gab man einen Schuss Gin. Ganz zum Schluss stellten die Bediensteten eine große Käseplatte mit den verschiedensten Käsesorten und eine Schale mit herrlich duftenden Keksen auf die Tafel.

Das Essen war sehr gut und alle waren gesättigt, da schlug Gordon vor, einen ausgiebigen Spaziergang zu machen.

»Geht nur, Kinder, ich bleibe im Haus und werde es mir bequem machen«, sagte Gordons Vater, drehte sich um und ging ins Herrenzimmer.

Die jungen Leute gingen in den Park, der sich großflächig hinter dem Grundstück des Herrenhauses erstreckte. Die Herren waren elegant gekleidet, sie trugen zu ihren Wollmänteln passende Hüte, so wie es zu dieser Zeit Mode war. Aber auch Scarlett stach heraus mit ihrer modischen Kleidung.

Gordon musste immer wieder auf sie schauen und bei jedem Mal kam ein Lächeln über seine Lippen, und seine widerspenstige Haarlocke strich er dabei aus seiner Stirn. Seine Augen strahlten und Jacob, der es bemerkte, sagte leise zu ihm: »Was ist mit dir? Du wirst dich doch nicht in meine kleine Schwester verliebt haben?« Ein glückliches Lachen entfuhr Jacob, als Gordon ihm lächelnd zunickte.

Scarlett, die Jacobs Lachen vernahm und gerade im Begriff war, das Herrenhaus von seiner Rückseite zu betrachten, drehte sich zu ihnen um und meinte: »Was ist, Jacob? Warum lachst du so glücklich?«

»Ja, Scarlett, ich bin glücklich, hier mit dir und meinem allerbesten Freund und Bruder, der mir Gordon in all den Jahren geworden ist, zu sein. Und wir sind nach so vielen Jahren wieder vereint und feiern Weihnachten.«

Scarlett trat dicht an Jacob heran und flüsterte ihm ins Ohr. »Dein Freund Gordon«, sagte Scarlett leise zu Jacob, »er bedeutet dir viel. Er ist sehr höflich und sieht auch gut aus.«

Jacob sah sie an und grinste.

Das neue Jahr begann mit klirrender Kälte und Scarlett verbrachte die Wintermonate in ihrer kleinen Wohnung in Oxford. Viel Schreibarbeit und einige Vorlesungen machten ihr diese Jahreszeit erträglich. Eine Begegnung mit Adam stand ihr in der kommenden Woche bevor. Sie freute sich sehr auf dieses Wiedersehen, welches sie telefonisch mit ihm vereinbarte. Adam wollte erst nicht, aber dann sagte er doch zu.

Endlich war dieser Tag da und Scarlett war aufgeregt und ihr Herz klopfte wild. Schnell lief sie zum Pub, in dem sie sich verabredet hatten. Als sie in dessen Nähe kam, sah sie von Weitem Adam im Eingang stehen und auf sie warten. Sie rannte ihm entgegen und fiel ihm in die Arme. Adam schob sie energisch von sich und sagte: »Was soll das? Scarlett, das darfst du nicht! Ich habe dir am Telefon gesagt, dass ich dir heute Adieu sagen werde. Es ist heute unser letztes Wiedersehen.«

»Adam, ich habe dich so sehr vermisst«, sagte sie und küsste ihn auf den Mund.

»Scarlett!«, rief er entgeistert und sah sie dabei streng an.

»Aber Adam, ich liebe dich. Bitte komm mit mir mit. Wir gehen in meine Wohnung. Bitte, Adam!« Sie umarmte Adam dabei stürmisch und Tränen flossen ihr über die Wangen.

Er griff an ihre Schultern und hielt sie fest von sich weg. »Nein, Scarlett! Und du gehst jetzt allein nach Hause, so wie ich jetzt zu meiner Frau gehe, die ein Kind von mir erwartet.«

Scarlett zuckte zusammen und ein leiser Aufschrei entfuhr ihr. Sie fing an zu zittern, und plötzlich schämte sie sich. Sie senkte ihren Kopf und eine Hitzewelle ging durch ihren Körper, sie dachte: *Wie konnte ich mich nur so gehen lassen? Wo habe ich nur meinen Verstand gelassen, ich, eine Frau, die sich wie eine unreife Jugendliche benimmt!* Adam bemerkte ihre Reaktion, nahm sie an ihren Händen und sagte: »Meine kleine Scarlett, es tut mir sehr leid, dass du dich in mich verliebt hast. Du wirst auch noch dein

Glück finden, denn du bist eine faszinierende Frau.«

Dann sah er sie an und nahm ihr Gesicht in seine Hände. »Wir dürfen und werden uns ab jetzt nicht mehr wiedersehen. Ich wünsche dir von ganzem Herzen Gottes reichen Segen und Schutz sowie eine große Liebe, die dich mich vergessen lässt.« Dann ließ er sie los, drehte sich um und ging davon.

Jacob verweilte zu dieser Zeit in Barbican, bei Mammu Anna und Susi.

Vor Ort kümmerte er sich um seines und Scarletts Erbe, das Herrenhaus mit all den dazugehörigen Gebäuden. Auch dem Aufbau einer Zweigstelle seiner Bank in Plymouth stand nichts mehr im Wege. In ein paar Wochen musste er noch einmal nach Richmond, um alles Übrige zu regeln. Danach würde er auch in London alles geklärt haben und dort eine Zweigstelle seiner Bank eröffnen können.

Seit Jacob bei Susi und Mammu Anna weilte, fühlte er sich glücklich und zu Hause. Seine große Zuneigung zu Susi machte alles so leicht. Die junge Frau half ihm in manch einer Situation und auch bei den Arbeiten im Herrenhaus. Der Verwalter, Mr Toyler, musste altersbedingt seine Tätigkeiten aufgeben, sodass Jacob sich seiner Aufgaben, das Haus zu erhalten und zu unterhalten, bewusst wurde. Viel Geld musste Jacob in die Hand nehmen, um all die Reparaturen, die in den letzten zehn Jahren entstanden waren, da nur noch wenig Geld zur Verfügung gestanden hatte, zu ermöglichen. Das große Dach hatte Schadstellen, und die Wasserleitung war teilweise defekt. Auch Renovierungsarbeiten in verschiedenen Zimmern musste Jacob vornehmen lassen. Jacob hatte alle Hände voll zu tun, so dass er oft bis spät am Abend noch am Schreibtisch saß und die vielen Papiere durcharbeiten musste. Seine Susi mit ihren Frauen aus dem Ort half ihm bei manch einer handwerklichen Arbeit, die sie gemeinsam bewältigen konnten. Größere Reparaturen ließ Jacob von Handwerkern aus Plymouth verrichten. Somit konnten alle wichtigen Aufgaben in kurzer Zeit, unter seiner Aufsicht, ausgeführt werden.

Als sich der Frühling ankündigte, die ersten Blumen streckten ihre Blüten zum Himmel und ein zaghafter Vogelgesang begann, führte Jacob seine Susi in den gepflegten Park seines Grundstücks. »Heute ist ein wunderschöner Frühlingstag, den müssen wir genießen. Komm, wir laufen ein Stück.« Er nahm Susi an seine Hand, nahm einen Picknickkorb vom Stuhl, welcher in der Eingangshalle stand, und gemeinsam liefen sie los. Unterhalb des kleinen Waldes erstreckte sich eine Wiese, welche bis zum Badesee reichte.

Am Seeufer breitete er eine Decke aus, auf der sie sich setzten und die leckeren Speisen ausbreiteten. Immer wieder sah Jacob auf seine Susi und ein glückliches, aber auch erwartungsvolles Lächeln kam über sein markantes Gesicht. Als sie gegessen hatten, packte Susi die leeren Schüsseln und Tassen wieder in den Korb. Plötzlich nahm Jacob ihre Hände und zog sie mit sich hoch. Er nahm sie in seine Arme und schaute ihr tief in die Augen und fragte sie: »Meine geliebte Susi, ich liebe dich über alles und möchte für immer mit dir, hier im Haus meiner Vorfahren, leben.« Dabei kniete er sich vor ihr nieder und sagte: »Bitte werde meine Lady und mach mich damit noch glücklicher, als ich es jetzt schon bin.«

Susi sagte nichts, sah Jacob nur mit großen strahlenden Augen an.

Aber plötzlich kam Leben in sie, sie hob abrupt ihre Arme, fing an, laut zu jubeln mit den Worten: »Jacob! Mein Geliebter! Ich liebe dich von Herzen. Ja! Ja, ich will dich, nur dich!« Und dann umarmte sie ihn stürmisch.

Mit diesem Bekenntnis wurde Jacob so glücklich und so froh, wie er noch nie zuvor gewesen war. Er ging vor Glückseligkeit noch einmal auf seine Knie und sagte mit strahlenden Augen: »Unser Herrgott hat mich gesegnet und all meine Schuld vergeben. Er schenkt mir ein neues Glück im Hause meiner Vorfahren. Danke, mein Gott und Vater.«

Eine große Verlobungsfeier wurde angekündigt, zu der nicht nur Mammu Anna, Scarlett, Gordon und sein Vater eingeladen wurden, sondern alle Bediensteten aus der Zeit, als die Eltern und Großeltern noch gelebt hatten. Aber auch die, die jetzt sein und Scarletts Zuhause in Ordnung hielten, bekamen eine Einladung zum Fest, das am Ostersonntag sein sollte.

Scarlett war erstaunt, als sie von der schnellen Verlobung ihres Bruders erfuhr, und reiste daraufhin gleich nach Barbican, um den beiden Glücklichen zu gratulieren.

Adam, ihre große Liebe, hatte sie seitdem nicht mehr wiedergesehen. Immer wieder waren ihre Gedanken bei Adam, und dann kamen ihr seine Worte in den Sinn: *Ich liebe meine Frau und wir bekommen ein Kind.* Und dann: *Warum kann ich nicht von ihm lassen? Ich muss mich schämen, einem verheirateten Mann nachzulaufen. Aber ich liebe ihn doch.*

Dann wurde sie reizbar und auch manches Mal zu anderen Menschen ungerecht. Doch die kleinen Wutausbrüche machten sie sogar noch schöner.

Gordon erfuhr von der Verlobungsfeier erst sehr spät, denn er weilte in Amerika. Als er wieder zurück in England war und die Einladungskarte mit der gute Nachricht las, lachte er laut auf und sagte: »Dieser Glückspilz, ich wusste es, er liebt dieses Mädchen und er hat sie mir bis jetzt noch nicht vorgestellt.«

Aber Gordon hatte noch andere Gedanken, die ihm nicht aus dem Kopf gingen. Seine Sinne und sein Denken galten Scarlett. Er musste sie unbedingt wiedersehen. Er fieberte der Verlobungsfeier entgegen, in der Hoffnung, diese Schönheit für sich zu gewinnen.

Und dann war es so weit, Ostersonntag war gekommen, und die Feier mit vielen Gästen begann.

Die Auffahrt zum Herrenhaus war voll von Fahrzeugen verschiedenster Art, wie Automobilen und Kutschen. Riesige Blumenkörbe säumten den Eingang zum Herrenhaus, und als Scarlett den Saal betrat, sah sie eine große Tafel, geschmückt mit Silberleuchtern und Blumengestecken. Einige der Anwesenden sahen ihr erstaunt, aber auch neugierig entgegen. Dann traten Jacob und Susi freudig strahlend an sie heran und Scarlett umarmte ihren Bruder und seine Braut liebevoll und sagte: »Mein geliebter Bruder, liebe Susi, ich bin hocherfreut, euch so glücklich zu sehen, und wünsche euch davon so viel, wie ihr ertragen könnt.« Alle drei lachten daraufhin herzlich auf. »Komm, meine liebe kleine Schwester, wir wollen dich all unseren Gästen vorstellen.« Und Jacob und Susi gingen von einem Gast zum anderen und stellten Scarlett vor.

Scarlett trug ein blaues Kostüm mit einer weißen Bluse sowie einer kleinen passenden weißen Kopfbedeckung aus Perlen, die ihre wundervolle Haarpracht noch verschönte. Manch einer der Gäste warf Scarlett bewundernde Blicke zu oder blickte ihr hinterher.

Das Verlobungspaar begrüßte seine Gäste, die von mehreren Dienstboten mit Gebäck, wohlriechenden Speisen und guten Getränken bedient wurden. Zwei Musiker spielten Tanzmusik. Den Tanz eröffnete das Brautpaar. Jacob und Susi betraten die Tanzfläche und ihre Gäste klatschten dem Paar zu, bevor auch sie mittanzten und Spalier bildeten, wo sie die beiden Liebenden durchlaufen ließen.

In diesem Moment betrat ein sehr stattlicher und gutaussehender junger Mann in einem eleganten dunklen Anzug den Saal. Er schaute sich suchend um. Er streifte seine widerspenstige Haarlocke aus der Stirn, bevor er schnurstracks auf Scarlett zuging und sich vor ihr mit einem Lächeln verbeugte. Gordon ergriff gleichzeitig ihre rechte Hand und hauchte einen Kuss darauf. Dann sagte er: »Ich grüße Sie recht herzlich, meine Liebe. Sie sehen wieder sehr reizend aus.

Wie ich sehe, tanzen meine Lieblingsmenschen. Kommen Sie, wir machen es ihnen nach.« Er nahm Scarlett an die Hand und zog sie mit sich zu den anderen Tanzenden.

Scarlett sträubte sich, sie riss sich los und blieb stehen. Dabei blickte sie Gordon mit einem strafenden Blick an und sagte: »Was fällt Ihnen ein? Sie können doch nicht so einfach über mich bestimmen. Ich will jetzt nicht tanzen.« Gordon sah sie an und lachte plötzlich laut auf, und man sah seine Grübchen in den Wangen. Seine schwarze Haarlocke, die ihm wieder in die Stirn fiel, schob er zur Seite. Einige der Gäste sahen sich nach den beiden um. Dann sagte er: »Kleine schöne Scarlett, Sie sehen mit Ihrem verärgerten Blick wunderschön aus.«

Als sie das hörte, kroch ihr eine Hitzewelle über den Rücken, die Hände verkrampfte sie vor der Brust, und ihre Augen zog sie zu schmalen Schlitzen zusammen. Dann drehte sie sich ruckartig um und lief aus dem Saal. Gordon, als er sie so sah, musste noch mehr lachen und ließ sie laufen. Danach ging er auf Jacob und Susi zu und umarmte die beiden mit den Worten: »Ich wünsche euch von ganzem Herzen alles Glück dieser Erde.« Dann nahm er Jacob rechts und Susi links an die Hand und wirbelte beide im Kreis herum. Ein fröhliches, glückliches Lachen schallte durch den Saal, sodass Scarlett, die es vernahm, wieder hereinkam und dieses schöne Bild mit einem Lächeln in sich aufnahm.

Plötzlich stand Gordon wieder neben ihr und sagte: »Möchten Sie nicht auch eines Tages so glücklich sein, wie Susi und Jacob es sind?« Dabei lächelte er verschmitzt und sah Scarlett tief in die Augen. Scarlett blickte Gordon an. Ihre Augen funkelten und ihre Lippen hatte sie zu einem dünnen Strich zusammengepresst. Wieder musste Gordon laut auflachen, als er ihren Blick sah. In diesem Augenblick trat Jacob mit Susi an die beiden heran, sodass Scarlett nicht mehr ausreißen konnte. Jacob fragte Scarlett: »Meine liebe Schwester, ich habe eine Bitte an dich und auch an Gordon. Würdest du uns eines deiner Lieder vorsingen? Und du, lieber Gordon, kannst du meine kleine Schwester auf dem Flügel begleiten? Wir würden uns sehr darüber freuen.«

Gordon schnappte Scarletts rechte Hand und zog sie mit sich mit zum Flügel. Dieser stand in einer der Saalecken und einige Notenhefte lagen darauf. Gordon sah sie durch und reichte Scarlett anschließend zwei davon.

Scarlett sah diese ebenfalls durch und sagte: »Gut, diese Lieder kann ich singen«, und nickte Gordon zu, dass er spielen sollte.

Gordon setzte sich und begann zu spielen und eine wunderschöne sanfte Stimme schwebte durch den Saal. Die Gäste waren überwältigt, denn kein Laut war zu vernehmen, alle lauschten andächtig dieser Stimme.

Nachdem sie geendet hatten, brach lauter Beifall los.

Auch Gordon klatschte und nickte Scarlett anerkennend zu.

Nachdem alle Gäste verabschiedet worden waren und ihre Heimreise angetreten hatten, ging Gordon auf die Verlobten zu, umarmte beide mit den Worten: »Ich danke euch für die schönen Stunden, ich wünsche mir, dass wir uns niemals aus den Augen verlieren, egal was auch geschehen wird.«

»Aber mein lieber Freund und Bruder, das wird niemals geschehen, dazu bist du mir viel zu wichtig«, sagte Jacob und umarmte Gordon.

»Danke, lieber Jacob, denn auch du bist mir sehr wichtig«, erwiderte Gordon und ein liebenswertes Lächeln umspielte seine Lippen.

Scarlett und Susi gingen derweil in den Garten und unterhielten sich.

Gordon und Jacob setzten sich in das Arbeitszimmer, Jacob bot seinem Freund einen Zigarillo an und fragte: »Sag mir doch bitte, was ist jetzt? Meine kleine Scarlett gefällt dir, das sagtest du mir doch. Ich würde mich freuen, wenn ihr zusammenkommen könntet.«

»Ja, das ist richtig, ich habe mich in sie verliebt. Nein, nicht verliebt, ich liebe sie, wie ich noch nie in meinem Leben eine Frau geliebt habe. Aber dieses Persönchen ist widerspenstig wie eine junge Eselin.«

Jacob lachte auf und sagte: »Das hätte ich von ihr nicht gedacht, denn wie ich beobachtet habe, bist du bei den Frauen sehr beliebt. Manch eine würde sich freuen, wenn du sie ansehen oder gar ansprechen würdest.« Er schüttelte leicht seinen Kopf und fügte hinzu: »Mich würde es so froh machen, wenn Scarlett mit dir zusammen wäre.«

»Aber leider will sie mich nicht«, sagte Gordon, erhob sich und trat ans Fenster, welches in den Garten zeigte. Dort sah er sie, diese Frau, die er über alles liebte und niemals vergessen würde. Dann drehte er sich um und verabschiedete sich von seinem besten Freund mit den Worten: »Es wird schon dunkel, ich werde mit meinem Vater zurückfahren und in der kommenden Woche wieder nach Amerika reisen.«

»Wirst du in Amerika bleiben?«

»Nein, Jacob, ich werde meine Sachen dort ordnen und nach England umsiedeln. Wenn alles geregelt ist, werde ich mich um deine Schwester bemühen. Ich gebe niemals auf, wenn ich mir was in den Kopf gesetzt habe.« Er lachte und schob dabei seine widerspenstige Haarlocke aus der Stirn.

Auch Jacob musste lachen und umarmte seinen Freund noch einmal.

Kapitel 10

Zwei Jahre später – 1940 bis Anfang 1946

Scarletts Leben hatte sich verändert. Sie wurde als Professorin angesprochen, aber die Arbeiten in der Forschung und die Vorlesungen in den Universitäten fielen in diesem Jahr fast alle aus.

England wurde im Sommer 1940 von Hitler-Deutschland angegriffen.

Scarlett traf an einem der traurigen Tage Adam. Sie sah ihn auf der anderen Straßenseite, in der Innenstadt von Oxford. Schnell überquerte sie die Straße und rief ihn: »Adam! Adam!« Dieser blieb abrupt stehen und wandte sich zu ihr um. »Scarlett, du?«

»Ja, wir haben uns lange nicht gesehen. Wie geht es dir? Was machst du?«

»Mir geht es gut. Ich muss weiter, meine Familie wartet auf mich. Es tut mir leid.« Adam drehte sich um und wollte weiterlaufen, aber Scarlett hielt ihn am Ärmel fest.

»Scarlett, was soll das?«

»Adam, sehr lange habe ich dich nicht mehr gesehen und die Sehnsucht nach dir brachte mich bald um. Ich kann ohne dich nicht leben. Bitte nimm mich in deine Arme. Bitte, Adam«, flehte sie und versuchte, sich in seine Arme zu werfen, so stark waren ihre Gefühle. Aber Adam hielt sie fest und wehrte sie ab. Tränen füllten ihre Augen, aber auch Schamgefühl erfüllte sie ganz plötzlich.

Dann sagte er mit sehr strengem Gesichtsausdruck: »Das darfst du nicht machen, du bist doch eine kluge Frau und ich bin verheiratet und habe drei kleine Kinder. Bitte, Scarlett, sei doch vernünftig.«

Dann sah er ihr noch einmal fest in die Augen und sagte noch: »Ich werde mit meiner Familie aus Oxford weggehen und aufs Land ziehen, denn der Krieg macht ein Leben hier in der Stadt zu gefährlich. Wir werden uns nicht mehr sehen können, und das wird auch für uns am besten sein.«

»Nein! Das darfst du nicht! Ich ertrage es nicht, dich nicht mehr wiedersehen zu können«, erwiderte Scarlett weinerlich und ihr ganzer Körper zitterte, aber nicht vor Kälte, denn es war warm.

Adam verneigte sich vor ihr, nahm ihre rechte Hand in die seine und sagte noch: »Ich wünsche dir, liebe Scarlett, dass du die Kriegszeit gut überstehst und bald einen guten Mann für dein Leben findest.« Er drehte sich um und verließ sie fast fluchtartig.

Drei Wochen später.

Scarlett reiste nach London, da sie als Ärztin dringend gebraucht wurde.

Als sie dort ankam, war die Stadt nur noch ein Trümmerfeld.

Seit Juli mussten die Krankenhäuser viele verwundete Soldaten behandeln, aber auch Zivilisten. Jeder Arzt und jede Krankenschwester wurden benötigt.

Zu dieser Zeit weilte Gordon im englischen Parlament. Er hatte, nachdem er Amerika für immer den Rücken gekehrt hatte, eine militärische Aufgabe vom amerikanischen Außenministerium erhalten.

Als Militärberater war er seitdem in London tätig, organisierte und koordinierte die Royal Air Force.

Gordon war somit einer der wichtigsten Männer für England und ihm wurde vom englischen Militär der Stand eines Obersten verliehen.

Zu dieser Zeit wurde Großbritannien sehr oft bombardiert und London begann ein Flammenmeer zu werden.

An so einem Tag traf er Scarlett auf der Flucht in einen der wenigen Schutzräume, die sich in der unmittelbaren Nähe zum Parlament befanden. Sie lief vor ihm in den Schutzraum, bemerkte Gordon aber nicht. Scarlett trug ein schlichtes graues Kostüm und Gordon eine britische Uniform eines Obersten, die ihn sehr stattlich aussehen ließ.

Als sie mit vielen andern Menschen dort ankamen, trat Gordon von hinten an Scarlett heran, fasste sie an ihren Schultern und drehte sie zu sich, um in ihre Augen sehen zu können. Dann sagte er: »Die kleine Scarlett. Wie tragisch, dass wir uns ausgerechnet hier wiedersehen. Aber sagen Sie doch, wie geht es Ihnen? Sie sehen so aus, als ob Sie wieder als Ärztin arbeiten würden.«

»Was fällt Ihnen ein? Sie ungehobelter Klotz! Natürlich arbeite ich als Ärztin, ich werde gebraucht. Aber woher wissen Sie das?«

Sie schüttelte dabei seine Hände von ihren Schultern und funkelte ihn böse an.

»Woher ich weiß, dass Sie wieder als Ärztin arbeiten? Sie sind hier in London, hier, wo es die meisten Verwundeten gibt. Sie sind eine der besten, das weiß ich, und zudem sehr pflichtbewusst.«

Plötzlich gab es ein ohrenbetäubendes Geräusch, die Menschen im Schutzraum schrien auf und hatten Panik in ihren Augen. Ganz in der Nähe musste eine Bombe eingeschlagen haben. Auch Scarlett zuckte zusammen und zitterte vor Angst. Dabei griff sie nach Gordons Arm. Dieser nahm die ängstliche Lady in seine starken Arme und hielt sie fest an seiner Brust.

Gordon genoss diesen kurzen Augenblick. Und Scarlett vernahm, wie sein Herz begann schneller zu schlagen und seine Arme sie fest an sich drückten.

Sie musste sich fast mit Gewalt von ihm lösen und sagte, dabei ihren Blick senkend: »Was fällt Ihnen ein! Ich bin keine hilflose Person, die man beschützen muss«, es war ihr doch peinlich, Schwäche gezeigt zu haben, und ausgerechnet bei diesem Mann.

Und Gordon musste bei ihren Worten schmunzeln. Trotz widriger Umstände schaute ihm dabei der Schalk aus den Augen.

Als sie ihn anblickte, fragte sie Gordon mit einem funkelnden und strengen Blick: »Was machen Sie in einer Uniform unserer Streitkräfte? Sie sind doch Amerikaner, wie kann das sein?«

Dabei schüttelte sie ihren Kopf.

»Ja, kleine Scarlett, ich bin wieder Engländer, so wie es in meiner Geburtsurkunde steht, und mitverantwortlich für die Verteidigung unseres Landes.« Dabei nahm er ihre rechte Hand und wollte sie festhalten, aber Scarlett riss sich los und sah ihn mit einem strafenden Blick an.

Gordon musste wieder lächeln, fragte aber noch: »Waren Sie wieder einmal bei Jacob? Wohnt er jetzt im Herrenhaus oder ist er noch in London? Ich habe zurzeit keinen Kontakt, da ich sehr in den Diensten der Luftwaffe stehe.«

»Jacob lebt nicht mehr in London«, sagte Scarlett, drehte sich um und verließ mit all den anderen Menschen den Schutzraum, da es Entwarnung gab. Gegenüber stand ein größeres Geschäftshaus in Flammen und Glassplitter sowie noch brennende Holzteile, aber auch Schutt und Asche bedeckten den Gehweg und die Straße. Die Menschen mussten über diese steigen, was nicht so einfach war. Die ankommende Feuerwehr begann zu löschen und half ihnen unbeschadet vorbeizukommen. Gordon folgte Scarlett, aber sie beachtete ihn nicht mehr, und so ging er, sich noch einmal umwendend und nach ihr schauend, weiter zum Parlament.

Eine Woche später beschloss Gordon, Jacob in seinem Herrenhaus in Barbican zu besuchen.

Dieser war hocherfreut, als er seinen Freund wiedersah, und beide hatten sich viel zu erzählen. Die Kriegswirren in der letzten Zeit gaben ihnen Gesprächsstoff, aber dann wechselte Jacob das Thema.

»Mein lieber Freund, ich habe meine liebe Susi im vergangenen Monat geheiratet. Wir haben nur Scarlett dazu eingeladen und unsere Mammu Anna. Du warst leider nicht in England. Dann dieser Krieg, er macht uns Sorge und wir werden eine Zeit lang von hier fortmüssen, wegen der ständigen Bombenangriffe auf den Hafen und die Stadt. Aber mir liegt meine kleine

Scarlett am Herzen. Ich habe das Gefühl, sie hat irgendeinen Kummer, der sie förmlich auffrisst. Sie erzählte mir, dass sie sich sehr einsam und verlassen fühlt, und deshalb habe ich eine große Bitte an dich, mein lieber Gordon.

Könntest du dir vorstellen, meine kleine Schwester zu heiraten? Denn ich habe bemerkt, dass sie dir recht gut gefällt, und einen besseren Mann als dich, den wird sie niemals finden. Du wärst für sie der Idealfall.«

Als Gordon das hörte, musste er laut auflachen, und dabei fiel ihm wieder diese widerspenstige Haarlocke in die Stirn. Dann nahm er Jacob an den Schultern, zog ihn an sich und umarmte ihn. Und er sagte: »Auf der Stelle würde ich sie heiraten, ohne zu zögern. Aber sie ist sehr eigensinnig, und ob sie ausgerechnet mich ehelichen will?« Mit einem skeptischen Lächeln schaute er Jacob an.

»Weißt du, Gordon, wir fragen sie beide und ich könnte mir vorstellen, dass sie dich heiraten wird.«

»Du bist dir aber sehr sicher.« Und Gordon nahm Jacob erfreut über seine Idee in die Arme. Er sagte dabei: »Ich weiß, wenn sie mich nehmen würde, dann wäre ich der glücklichste Mensch auf dieser Erde.«

Nach diesem Gespräch vergingen wieder einige Wochen, und Gordon musste für die Royal Air

Force fliegen, somit Erkundigungen einholen, um neue Strategien zu erarbeiten. Er als Oberst war sich sicher, einige Flüge selbst zu fliegen, um die Situation besser einschätzen zu können. Gordon war für die Air Force nicht nur der Oberst, sondern auch ein sehr beliebter Soldat, den alle Unterstellten mit Hochachtung, aber auch mit viel Zuneigung, begegneten. Er war einer der kompetentesten Offiziere und trotz seiner Stellung gerecht und höflich zu allen Soldaten. Gordon war oft zu Späßen aufgelegt, so dass es in manch einer schwierigen Entscheidung auch mal zu lustigen Episoden kam, wie es an einem Abend, bevor einer der größten Luftschlachten über England begann. Gordon lud seine Einheit, sie nannten sich ›Die Britischen Löwen‹, zu einer gemütlichen Runde ein, und er machte seine Späße. »Kennt Ihr diesen Witz? Brüllt der Offizier einen seiner Piloten an: Soldat, graben Sie Ihren Helm ein! Der Soldat reißt seinen Helm runter und fängt an zu graben..

Brüllt der Offizier erneut: Wer hat was von absetzen gesagt?«

Ein befreiendes Lachen kam aus mehreren Pilotenkehlen.

Als sie aufbrachen, um sich auf einen erneuten Luftkampf, welcher am nächsten Morgen begann, vorzubereiten, sagte Gordon: »Wir schwingen uns wie die Vögel in die Lüfte, ohne

Angst und Sorgen. Ich wünsche uns viel Erfolg, denn Gott unser Herr fliegt mit uns. Gute Nacht, Soldaten.«

In dieser Zeit hatte Scarlett alle Hände voll zu tun, um mit allen anderen Ärzten die Verwundeten zu versorgen. Manche Nacht musste sie im Krankenhaus verbringen und kam kaum zum Schlafen. Erinnerungen an die Zeit während des Ersten Weltkrieges im Kloster bei Schwester Dorothee und Oberin Mary kamen ihr in den Sinn. Auch damals war es eine schwere Zeit gewesen, und sie glich der jetzigen. Scarlett fühlte sich ausgelaugt, traurig und sehr einsam. Immer wieder kamen ihr die Gedanken an Adam, aber da schlichen sich auch Bilder von einem sehr stattlichen Offizier in ihren Sinn. Sie musste sich dann schütteln und an etwas anderes denken. Aber diese Bilder sah sie auch noch in ihren Träumen.

Es geschah an einem Sonntag, sie konnte endlich wieder einmal etwas länger schlafen, da klopfte es an ihrer Wohnungstür in London. Ihre Wohnung war noch ein Stück kleiner als die in Oxford. Sie besaß ein kleines Wohn- und Schlafzimmer, verbunden mit einem Kochbereich. Über einen Flur gelangte sie in ihr Badezimmer, von wo aus sie in einen winzigen Garten treten konnte, der für sie die pure Erholung bot. Für Scarlett war es ausreichend.

Sie war noch so müde und wollte weiterschlafen, aber es klopfte erneut.

Sie setzte sich auf, strich ihre Haare aus dem Gesicht und rief: »Wer ist da?«

»Scarlett, ich bin es, Jacob!«

Erfreut sprang sie aus ihrem Bett und zog sich in Eile an, dabei rief sie: »Einen Augenblick, ich bin gleich fertig.« Sie kämmte noch schnell über ihre Haarpracht und öffnete die Tür.

Höchst erstaunt und wie halb erstarrt stand sie da, als sie nicht nur Jacob, sondern auch Gordon erblickte. Beide Männer lächelten ihr zu, und Jacob sagte: »Meine kleine Scarlett, entschuldige bitte unseren Überfall. Ich wusste nicht, dass du zu dieser Tageszeit noch schläfst. Du hattest am Vortag wohl einen langen Dienst?«

»Ist schon in Ordnung. Kommt bitte herein und setzt euch. Ja, ich hatte mehrere Tage hintereinander Dienst.«

»Das tut mir sehr leid, dass wir Sie in Ihrem erholsamen Schlaf gestört haben«, sagte Gordon sehr ernst, aber auch etwas verlegen. Das kannte Scarlett nicht von ihm. So gefiel er ihr doch ein wenig, und der Traum, den sie geträumt hatte, kam ihr in den Sinn. Da sah sie Gordon wieder als stattlichen Offizier der Air Force und sie sah noch sein zärtliches Lächeln.

Schnell rief sie sich wieder in die Gegenwart zurück, denn ihr Bruder fragte sie etwas, was sie nicht gleich begreifen konnte.

»Meine kleine Schwester«, und er nahm sie an ihren beiden Händen, Gordon und ich, wir haben bemerkt, dass du sehr allein bist und auch traurig aussiehst. Daraufhin habe ich Gordon gefragt, ob er dich, meine liebe Scarlett, ehelichen würde. Gordon hat sofort zugesagt, denn er verehrt dich sehr. Was sagst du dazu?«

Scarlett blieb vor Schreck der Mund weit offen stehen, sie sah überrascht von einem zum anderen, und sie konnte nicht gleich antworten. Ein Gefühl der Freude kam plötzlich über sie, aber auch gleichzeitig Ärger.

Dann sagte sie stockend: »Das ist aber ein sehr eigenartiges Angebot von zwei gestandenen Männern. Da hat man das Gefühl, dass Gordon Angst vor mir hat und nicht den Mut aufbringen kann, mich zu fragen, ob ich ihn heiraten will.« Sie schaute Gordon mit großen, ärgerlich blickenden Augen an.

Gordon musste lächeln, als er ihren Blick sah, stand auf, ging an sie heran, hob sie aus ihrer sitzenden Haltung und nahm sie so plötzlich in seine starken Arme, dass sie sich nicht wehren konnte. Er hielt sie so fest, da war Widerstand zwecklos. Dann hob er ihr Kinn hoch, sah ihr tief in die Augen und sagte: »Nicht mehr Sie, sondern Du. Ja, liebste Scarlett, du hast recht, ich habe vor dir Respekt, aber Angst? Nein, Angst nicht, aber Liebe, die habe ich für dich. Meine geliebte, widerspenstige Schönheit, ich bitte dich hiermit, meine über alles geliebte Frau zu werden. Ich werde dich auf Händen tragen und dich beschützen auf all deinen Wegen. Das möge der Herr im Himmel mir immer gelingen lassen.«

Scarletts Knie wurden weich und ihr Herz fing schneller an zu schlagen. Ihre anfängliche Blässe im Gesicht war wie weggeblasen, und ein zartes Rot machte sie nicht nur noch schöner, sondern auch liebreizend.

Gordon nahm sie enger, aber zart in den Arm und küsste ihren roten, wunderbaren Mund. Sie ließ es geschehen, aber sie erwiderte seinen Kuss nicht. Danach sah er ihr noch einmal in die Augen und fragte sie ein zweites Mal: »Willst du mich zu deinem Ehemann nehmen, schöne Lady?«

Scarlett sah auf ihre Schuhspitzen und antwortete: »Ich werde dich heiraten, aber lieben, das kann ich nicht, denn ich liebe schon einen anderen.«

Als Jacob dies hörte, sprang er entsetzt auf und fragte Scarlett: »Wen liebst du denn? Ich habe noch keinen Mann an deiner Seite gesehen.«

»Du kennst ihn nicht, denn er ist bereits verheiratet. Ich habe Adam während des Ersten Weltkrieges kennengelernt und ihn nie vergessen können. Aber er ist für mich unerreichbar, da er seine Frau liebt und auch Kinder hat.«

Gordon wurde blass und sein Gesicht nahm einen enttäuschten Ausdruck an.

»Aber Scarlett, du musst diesen Mann vergessen, der sicherlich viel älter ist als du, und dein Leben leben«, sagte Jacob und sah sie scharf an.

»Ja, du hast recht, und deswegen werde ich Gordon heiraten. Ich glaube, ich kann es mit ihm versuchen.«

Gordon nickte nur und blickte zu Jacob.

»Was meinst du, Gordon, kannst du es dir dennoch vorstellen, mit Scarlett zusammen zu sein und sie zu ehelichen?«

»Ich werde sie heiraten, und eines Tages wird sie mich auch lieben lernen, so wie ich sie liebe, in der Hoffnung, der Krieg macht uns nicht einen Strich durch die Rechnung.«

Jacob nahm Gordon in die Arme und klopfte ihm dabei freundschaftlich auf den Rücken.

Scarlett sah verlegen aus dem Fenster, ihr liefen die Tränen. Ein Gefühl der Erleichterung, alles, was ihr bisheriges Leben betraf, ausgesprochen zu haben, machte sich allmählich in ihr breit. Sie drehte sich zu den beiden Männern um und sagte: »Ich hoffe, ihr könnt mir vergeben.«

Gordon trat auf sie zu, berührte ihre Schultern und sagte: »Scarlett, jetzt weiß ich, wie du fühlst. Ich vergebe dir, hoffe aber sehr, dass du mich eines Tages lieben kannst. Ich werde so lange warten, wie du Zeit dazu benötigst.«

»Meine liebe Scarlett, wäre es dir recht, wenn du und Gordon euch am kommenden Wochenende in der Salisbury Cathedral trauen lassen würdet? In Salisbury können wir anschließend in einem der Pubs brunchen. Dort ist es noch ein wenig sicherer und man merkt nur wenig, dass Krieg herrscht.«

»Wenn ihr meint, dann machen wir es so.« Mit einem gequälten Lächeln nickte sie den beiden zu.

Jacob nahm seine Schwester noch einmal in den Arm und dann verabschiedeten sich die beiden von ihr und gingen zur Tür. Gordon blieb noch einmal kurz stehen, drehte sich zu ihr um und lächelte sie noch einmal liebevoll an. Dann sagte er noch, er war schon fast auf dem Fußweg: »Morgen habe ich wieder einen schweren Einsatz. Bitte bete für mich«, und ging. Scarlett wusste von Jacob, dass Gordon bei manchen der Flüge, die die Royal Air Force gegen die Angreifer flog, mit dabei war. Sie sah ihm daraufhin, als er ihr seinen Rücken zuwandte, ängstlich nach.

Die darauffolgende Woche ging schnell vorbei.

Scarlett hatte wieder viele Operationen durchzuführen und kam jeden Tag erschöpft nach Hause. Die Bombenangriffe wurden immer schlimmer und an Schlaf war kaum noch zu denken. Sehr oft konnte sie sich mit vielen anderen Menschen aus ihrer näheren Umgebung in der überfüllten U-Bahn in Sicherheit bringen, denn Schutzräume gab es nur wenige. Aber auch in den Kellerräumen des Krankenhauses wurde ein großer Teil der Schwerstverletzten, bei Angriffen, gebracht. Scarlett und ein größerer Teil der Ärzte liefen zur U-Bahnunterführung.

An einem der September Tage war wieder so ein schlimmer Angriff. Scarlett war in ihrer kleinen Wohnung und wollte sich zur Ruhe begeben. Sirenengeheul schreckten sie auf. Sie zog sich schnell an, nahm ihre Reisetasche mit den wichtigsten Sachen und lief in Richtung U-Bahn. Gerade so, konnte sie noch einen Platz zum Ausruhen finden, als auch schon die Bomben fielen. Dieser Bombenhagel dauerte 12 Stunden. Die Menschen schrien, Kinder weinten, manche der Schutzsuchenden beteten und andere ballten ihre Fäuste und riefen: Ihr Mörder, wieder andere saßen nur stumm da oder lagen auf dem harten Boden.

Und es fielen oft Brandbomben. Ganz Straßenzüge Londons brannten.

Scarlett erfuhr, dass viele Eltern ihre Kinder nach Australien verschickt hatten, um sie zu schützen, aber eins der Schiffe wurde versenkt. Sie musste weinen, als sie es vernahm.

Als Jacob sie besuchte, um nach ihr zu schauen, sagte sie zu ihm: »Das erste Mal in meinem Leben, verspüre ich Hass.«

Jacob nickte nur und nahm sie in seine Arme, strich ihr zärtlich über den Kopf: »Glaube mir, ich verspüre dieses Gefühl ebenso.«

Zu dieser Zeit dachte Scarlett kaum noch an Gordon.

Aber das Wochenende mit ihrer Trauung rückte heran und Scarlett wurde unruhig. Sie saß an dem Tag vor ihrem Spiegel und dachte: *Morgen werde ich einen Ehemann haben und mit ihm leben müssen. Werde ich es schaffen und Adam ganz vergessen können? Wird Gordon warten, bis ich so weit bin? Oder wird er ungeduldig werden?*

Was werde ich morgen, an so einem Tag anziehen? Ich besitze kein passendes Kleid.

Werden wir ohne Bombenalarm unsere Hochzeit feiern können?

Sie saß noch vor ihrem Spiegel, da klopfte es an ihrer Tür. Sie erhob sich und sah nach.

»Jacob, du?«

»Sei gegrüßt, meine liebe kleine Scarlett. Susi lässt dich recht schön grüßen und möchte dir ihr Hochzeitskleid schenken.«

Scarlett nahm das schöne Kleid mit einem Ausdruck der Freude, die in ihren Augen zu lesen war, und umarmte Jacob glücklich.

»Danke, Jacob, und sage auch Susi vielen Dank.« Dann ging sie in ihr Bad und probierte es gleich an.

Danach zeigte sie es Jacob, das Kleid passte ihr sehr gut. Es war schlicht gehalten, lang und weiß mit Rüschen am Rockbund und an den Ärmelrändern und einem spitzen Ausschnitt am Hals. Sie sah mädchenhaft darin aus. Jacob gab ihr noch einen langen weißen Schleier, den er ihr in ihr wunderschönes Haar steckte. »So, jetzt bist du eine der schönsten Bräute, die ich je gesehen habe«, sagte er und lachte freudig auf. Dann nahm er sie an den Händen und sagte: »Jetzt freue ich mich auf den morgigen Tag und auf Gordons Gesicht, wenn er dich sieht. Weißt du, meine kleine Schwester, Gordon und du, ihr seid euch im Wesen wie auch im Aussehen sehr ähnlich. Ihr gehört einfach zusammen.«

Dann setzte er sich, und Scarlett ging, um das Brautkleid wieder auszuziehen. Als sie zurückkam, sagte Jacob: »Gordon wird dich morgen sehr zeitig hier abholen, das Kleid kannst du dann in der Pension anziehen, bevor ihr zur Cathedral fahrt. Susi, ich, Mammu Anna und Gordons Vater, wir werden dort auf euch warten und gemeinsam die Cathedral betreten. Der

Priester wird euch dort in Empfang nehmen. Ihr werdet in einem Seitenflügel getraut.«

»Danke, lieber Jacob, du hast dir sehr viel Mühe gemacht. Ich werde dich nicht enttäuschen.«

Jacob lächelte und nickte ihr zu, nahm sie kurz in seine Arme und ging.

Der Sonntag verhieß ein schöner, sonniger Tag zu werden. Gordon holte Scarlett sehr zeitig am Morgen ab. Er sah wie immer elegant und attraktiv aus.

»Meine geliebte kleine Scarlett, bist du bereit, mit mir den Weg in ein neues und spannendes Leben zu gehen?« Liebevoll sah er sie an.

Wieder musste sie sich beherrschen, um nicht etwas Unbedachtes zu sagen. Insgeheim gestand sie sich aber ein, dass ihr Gordon gefiel, nur sein ewiges Grinsen machte sie nervös.

Als sie in der Pension in Salisbury ankamen, wurde Gordon ein Schlüssel für ein Apartment im ersten Stock überreicht, welches modern und gemütlich eingerichtet war. Scarlett gefiel es sehr gut, denn jeder von ihnen hatte sein eigenes Zimmer mit einem zugehörigen Badezimmer. Sie war erleichtert über die getrennten Räumlichkeiten. In der Mitte der beiden Zimmer befand sich ein großer Raum mit Kamin und einer Sitzgruppe.

Schnell zog sie sich in ihren Räumen um und

traf Gordon, der sich ebenfalls umgezogen hatte, in dem Kaminzimmer.

Als dieser seine zukünftige Frau in ihrem Brautkleid sah, war er für den ersten Augenblick sprachlos vor Erstaunen, denn sie war nicht nur schön, sondern auch lieblich anzusehen. Ihre Haarpracht hatte sie hochgesteckt und den langen weißen Schleier darin befestigt. Ein paar Haarlöckchen fielen ihr in die Stirn.

Aber auch Gordon sah so gut aus, dass Scarlett ihn mit offenem Mund anstarrte. Und sie dachte: *Er sieht aus wie ein berühmter Filmstar. Einfach umwerfend. Warum kann ich so einen Mann nicht lieben? Was ist nur mit mir?*

In diesem Moment nahm Gordon sie an seine Hand und sagte: »Du bist die schönste Braut, die ich jemals gesehen habe. Ich liebe dich über alles, meine kleine Braut.«

Dann holte er von einem Tischchen einen Strauß dunkelroter Rosen mit weißen Lilien und legte diesen in ihren Arm.

Sie fuhren anschließend zur Cathedral. Gordons Vater, Jacob und Susi mit Mammu Anna erwarteten sie schon am Eingang und begrüßten sie herzlich.

Gemeinsam betraten sie den Seitenflügel, vor dessen Eingang das Brautpaar von einem Priester begrüßt wurde. Der Raum im Seitenflügel war klein, aber sehr hell durch die große Fensterfront und mit Rosen und Lilien geschmückt. Die vielen Blumen dufteten herrlich.

Vor dem kleinen Altar wurden sie mit dem Trauspruch *Barmherzig und gnädig ist der Herr, groß ist seine Geduld und grenzenlos seine Liebe* aus Psalm 103 eingesegnet. Eine sehr schlanke, gutaussehende Frau spielte auf der Geige eines ihrer Lieblingslieder, ein Lied aus ihrer Kindheit. Das Lied, welches ihr Rebekka beigebracht hatte auf der Geige zu spielen. »Amazing grace, how sweet the sound, that saved a wretch like me!« Dabei kamen Scarlett die Tränen, die sie einfach nicht zurückhalten konnte. Bei der gesamten Zeremonie sah Gordon sie liebevoll und zärtlich an. Als er sah, dass sie weinte, nahm er sein Einstecktüchlein und trocknete sanft ihre Tränen.

Nach der Trauung trat die Geigenspielerin an Scarlett heran und sagte: »Herzlichen Glückwunsch«, und verneigte sich dabei. Dann fragte sie: »Sind Sie Scarlett Hailsham? Die kleine Scarlett, der ich das Geigenspiel beibrachte?«

»Rebecca? Bist du das?«

»Ja, ich bin es. Und du bist eine richtige Schönheit und jetzt verheiratet. Ich wünsche dir alles erdenklich Gute, dass du glücklich und zufrieden bist«, und sie umarmte Scarlett herzlich. Rebecca sah Scarlett dabei immer noch bewundernd an und sagte noch: »Ich hätte dich niemals wiedererkannt«, und schüttelte ihren Kopf.

Scarlett war so überwältigt von Rebeccas Anwesenheit, dass sie sie spontan einlud.

»Bitte komm mit uns mit, Rebecca. Da können wir uns noch ein wenig unterhalten. Ich bin so neugierig, wie es dir geht und was du so machst.«

Rebecca umarmte Scarlett noch einmal und sagte unter Tränen der Freude: »Meine kleine Scarlett, dass ich dich hier wiedersehe, das ist doch Gottes Fügung. Dafür danke ich ihm von Herzen«, dabei nahm sie beide Hände Scarletts in ihre und drückte sie zärtlich.

Danach ging Gordon, seine geliebte Frau am Arm nehmend, zum Automobil. Bevor sie einstiegen, wünschten Gordons Vater, Jacob und Susi sowie Mammu Anna dem Brautpaar Glück.

Jacob nahm seine kleine Schwester fest in die Arme und sagte ihr ins Ohr: »Ich wünsche dir nicht nur Glück, sondern auch eine große Liebe zu Gordon.« Darauf konnte Scarlett nichts erwidern, sondern schaute nur verlegen zu Boden.

Alle zusammen fuhren sie in ein gemütliches Pub, speisten und saßen noch eine ganze Weile bei Wein und Gebäck und unterhielten sich. Sie hatten an diesem besonderen Tag großes Glück, denn kein einziges Mal war Luftalarm.

Rebecca saß Scarlett gegenüber. Sie fragte Scarlett nach ihrem bisherigen Leben, und war doch sehr verwundert, dass sie einer Professorin gegenübersaß. Rebecca sagte ihr daraufhin: »Ich hätte gedacht, dass aus dir einmal eine Sängerin oder eine Geigerin in einem Orchester wird. Aber eine Medizinerin und noch dazu Professorin, niemals. Herzlichen Glückwunsch! Ich bin sehr stolz auf dich.«

Dann musste sie Scarlett aus ihrem Leben berichten.

»Meine liebe Scarlett, ich bin seit vier Jahren verheiratet und habe drei wunderschöne und intelligente Kinder. Mein Ehemann ist hier in Salisbury, in dieser Cathedral, Priest, und er trägt mich auf Händen. Wir lieben uns sehr. Ganz in der Nähe der Cathedral haben wir uns ein kleines Haus bauen lassen, da sein Vater uns die Geldmittel dazu gab. Wir sind sehr froh darüber und fühlen uns hier in Salisbury wohl. Ab und an helfe ich meinem Ehemann bei seinen schriftlichen Arbeiten oder übernehme, wie heute, musikalische Aufgaben.«

»Das freut mich sehr, dass es dir gut geht und du glücklich bist«, sagte Scarlett und umarmte Rebecca. »Wie und wo hast du deinen Mann kennengelernt?«

»Wir haben uns in London bei seinen Großeltern das erste Mal gesehen. Die beiden benötigten eine Hausdame und Gesellschafterin. Als ich dies durch eine Verwandte meiner Tante erfuhr, bewarb ich mich gleich und wurde angenommen. Es waren wunderschöne und unbeschwerte Tage und Wochen. Aber eines Tages, es war an einem Wochenende, das weiß ich noch sehr gut, verstarb der Großvater bei einem Bombenangriff. Nur zwei Tage später verstarb auch die Großmutter, die schwer verletzt wurde. An diesem Tag, dem Todestag seiner Großmutter, sah ich das erste Mal meinen geliebten Adam. Er kam, sich auf zwei Krücken stützend, in den Salon, in dem seine Großmutter aufgebahrt lag. Er stand und weinte leise, und ich sah nur, wie seine Schultern zuckten. Es dauerte sehr lange, bis er sich lösen konnte, und das machte auf mich einen bleibenden Eindruck. Am Beerdigungstag sah ich ihn wieder, und da wusste ich es, das ist der Mann für mein Leben. Aber ich getraute mich nicht, ihn anzusprechen. Plötzlich stand er vor mir und sagte: *Es tut mir leid, dass Sie mit dem Ableben meiner Großeltern Ihre Tätigkeit verloren haben. Ich möchte Sie sehr gern näher kennenlernen.*

Und so kam es, dass wir uns oft trafen und sich eine große Liebe entwickelte, die uns beide bis auf den heutigen Tag verbindet und sehr glücklich macht.«

Scarlett sah auf ihre Hände, die auf der Tischplatte lagen. Nur langsam hob sie ihren Kopf und Rebecca blickte ihre kleine Scarlett irritiert an, da diese leicht zitterte und ihr die Tränen liefen.

Dann sagte Rebecca stockend: »Aber ... Scarlett ... was ... hast du? Ist dir nicht gut? Habe ich etwas Falsches gesagt?« Rebecca ergriff Scarletts Hände und drückte diese leicht.

Scarlett entzog sie ihr und blickte Rebecca mit leicht verzerrtem Gesicht an, und dann sagte sie: »Adam war einer der Soldaten, die ich im Kloster zum Ende des Ersten Weltkrieges gepflegt habe. Er war meine erste große Liebe.«

Stille trat ein. Keiner sagte ein Wort. Auch Gordon und Jacob nicht, die alles mit angehört hatten. Sie blickte zu ihrem Ehemann, der sie ernst anschaute, aber Scarlett senkte ihren Blick.

Rebecca saß, blass geworden, ihr gegenüber. Plötzlich kam Leben in sie.

Rebecca sah auf Scarlett und sagte: »Meine kleine Scarlett, ich kann mir sehr gut vorstellen, wie es in dir aussieht. Deine einst beste Freundin hat deine große Liebe zum Ehemann. Du hast ihn geliebt, aber bitte prüfe dich, ob es nicht doch nur eine Schwärmerei war, denn du warst noch sehr jung und unerfahren. Dann fehlte dir eine Familie, du warst ganz allein auf dieser Welt. Du hast einen Halt gesucht und in Adam gedacht einen gefunden zu haben. Ich weiß, er hat es mir erzählt, dass auch er dich sehr mochte, aber niemals geliebt hat, denn du warst für ihn wie seine kleine geliebte Schwester. Meine kleine Scarlett, du bist eine so gutaussehende Frau und hast jetzt einen sehr attraktiven Ehemann an deiner Seite, da wird dein neues Leben sicherlich glücklich verlaufen. Das wünsche ich dir von ganzem Herzen.«

Scarlett liefen die Tränen, als Rebecca endete. Sie stand auf, ging zu ihr, nahm ihre beste Freundin Rebecca in ihre Arme und sagte, immer noch unter Tränen: »Danke, du bist so gut zu mir. Ich habe es nicht verdient. Bitte verzeih mir meine Dummheit, denn nur du gehörst Adam und keine andere Frau der Welt und ich erst recht nicht. Danke, dass du mir all das sagtest. Rebecca, meine liebe gute Rebecca, bitte vergib mir.«

»Scarlett, ich habe dir doch nichts zu vergeben. Ich weiß doch, wie einsam und traurig du manches Mal, auch schon als kleines Mädchen, warst. Die Mutterliebe hat dir sehr gefehlt, deshalb suchtest du überall einen Halt und Liebe. Aber ich bin dem Herrn im Himmel dankbar, dass ich dich kennenlernen durfte.«

Der Tag neigte sich dem Ende und Rebecca verabschiedete sich von Scarlett und Gordon sowie von der Hochzeitsgesellschaft.

Auch das junge Ehepaar begab sich anschließend in seine Pension zur Nachtruhe.

Als Gordon die Tür ihres Apartments hinter ihnen zuzog und Scarlett in seine Arme nehmen wollte, entzog sie sich ihm, ging in ihr

Zimmer und schloss hinter sich die Tür. Sie warf sich, noch in ihrem Brautkleid, auf ihr Bett und weinte hemmungslos. Als sie sich etwas beruhigt hatte, setzte sie sich auf und dachte: *Warum hat ausgerechnet meine allerliebste Rebecca, die wie eine Mutter zu mir war, meinen Adam zum Ehemann? Ob ich ihn irgendwann einmal vergessen kann? Wird Rebecca mir wirklich verzeihen können, so wie sie es sagte?*

Es ist so grausam. Jetzt habe ich sicherlich zwei der Menschen verloren, die ich so gernhabe. Und wieder kamen ihr die Tränen.

Es klopfte an ihrer Zimmertür, und Gordons Stimme war zu vernehmen.

»Meine geliebte Scarlett, wie geht es dir? Kann ich dir helfen?«

»Lass mich in Ruhe!«, rief Scarlett nur und warf sich wieder auf ihr Bett und schlief irgendwann erschöpft ein.

Es war recht spät am Morgen, als sie erwachte. Eilig begab sie sich ins Badezimmer, um sich zu erfrischen und sich in eins ihrer schicken Kostüme zu kleiden. Als Scarlett ihre Räumlichkeiten verließ und vermutete, Gordon im anderen Zimmer zu sehen, war sie etwas irritiert, ihn nicht anzutreffen. Dann sah sie einen Brief auf dem Tischchen liegen. »Scarlett«, stand auf dem Umschlag. Sie nahm ihn und öffnete ihn:

Meine geliebte kleine Ehefrau!
Leider muss ich Dich heute noch verlassen, da man mich für einen sehr dringenden Auftrag abholen wird.

Bitte, meine Liebe, lass Dich von Jacob in unsere Villa nach London bringen.

Ich wünsche mir von Herzen, dass Du dort auf mich warten wirst, und ich bitte Dich, bete für meine Rückkehr.

Dein Dich immer liebender
Gordon

Scarlett ließ den Brief wie betäubt einfach auf den Boden gleiten und setzte sich auf einen der Sessel. Dann dachte sie: *Gordon muss zu einem Einsatz. Er lebt gefährlich, und ich habe ihn einfach so gehen lassen, denn ich habe von all dem nichts geahnt. Wenn ihm etwas passiert, werde ich mir für immer Vorwürfe machen. Es tut mir alles so leid. Ich bin an all dem schuld. Warum muss ich ausgerechnet Adam lieben und damit vieles zerstören?*

Tränen verschleierten ihr die Sicht, und ein tiefer Seufzer entrang sich ihrer Kehle.

Nach einer Weile sprang sie auf und lief zur Tür ihres Bruders.

Als Jacob öffnete, sagte dieser: »Meine arme kleine Scarlett, es tut mir so leid, dass du ohne Gordon bist, und noch dazu in eurer ersten gemeinsamen Zeit. Komm, wir sind bereit und fahren dich nach London.«

In der Villa, die sich in einem der Stadtteile Londons befand, welche von den Bombenangriffen noch verschont war, wurde sie von mehreren Bediensteten erwartet. Das Herrenhaus aus der Zeit um 1800 war von einem sehr gepflegten Garten umgeben. Im Inneren fand Scarlett ein Meer von Blumen vor, die sich in jedem der Zimmer befanden. Die Räume waren hell und freundlich und sehr geschmackvoll eingerichtet und sie fühlte sich vom ersten Augenblick an wohl.

Scarlett staunte nicht schlecht, als sie feststellte, dass alle ihre Sachen, die sie in ihrer kleinen Wohnung in der Londoner Innenstadt gehabt hatte, schon hier in ihren Räumen waren. Sehr vorteilhaft und passend auf sie abgestimmt, hatte man alles arrangiert.

Jacob und Susi verließen sie nach einer kurzen Teestunde und fuhren nach Barbican in ihr Herrenhaus. Zuvor wünschten beide Scarlett, dass sie sich an all den Reichtum, aber vor allem an Gordon gewöhnen und ihn lieben lernt. Ganz besonders wünschten sie Scarlett, Gottes Beistand und Schutz. Bei Jacob, wie auch bei Susi und Scarlett liefen beim Abschied die Tränen, denn keiner wusste so recht, ob man sich gesund wieder sieht.

Scarlett ging in dieser Kriegszeit ihrer Tätigkeit als Ärztin, aber nur noch selten als Dozentin nach. Sie stürzte sich in die Arbeit, um nicht so oft an Gordon und ihre Ehe denken zu müssen.

Bis er eines Tages wieder vor ihr stand.

Scarlett fuhr mit ihrem Automobil zum Eingang des Herrenhauses, als hinter ihr ein Militärfahrzeug hielt und Gordon ausstieg.

Kaum, dass er Scarlett sah, kam er auf sie zu, nahm seine Ehefrau in die Arme und küsste sie auf den roten Mund.

Scarlett stand stocksteif da und sah Gordon nur sprachlos und erstaunt an.

Als er sie so sah, musste er lächeln und fragte sie: »Freust du dich denn nicht, dass dein geliebter Ehemann wieder gesund und munter vor dir steht?«

»Doch, ich bin froh, dass es dir gut geht und du wieder zu Hause bist. Wirst du jetzt länger bleiben?«

»Das bezweifle ich, denn die Übergriffe der Deutschen machen uns in der Royal Air Force große Sorgen.

Ich werde ein paar Tage hier sein und meine Beobachtungen über die Luftangriffe nach Amerika melden müssen. Aber jetzt machen wir beiden es uns erst so richtig gemütlich und holen unsere Hochzeitsnacht nach. Was meinst du, meine geliebte kleine Scarlett?«

Scarlett funkelte Gordon aus ihren großen grünen Augen zornig an, drehte sich um und ging, gefolgt von Gordon, ins Haus, jeder in seine Zimmer.

In einer der Räumlichkeiten von Scarlett ging leise die Tür auf, und Gordon betrat den Raum. Scarlett, die ihn nicht kommen hörte, erschrak. Sie ließ ihren Schmuck, den sie abgelegt hatte, in die Glasschale gleiten, sah dabei in den Spiegel vor sich und Gordon hinter sich stehen. Er umfing die geliebte kleine Frau mit seinen starken Armen, hob sie zu sich hoch und drückte sie fest an sich, indem er sie zu sich drehte.

Sie wehrte sich, indem sie sich kräftig mit ihren Händen gegen seine muskulöse Brust stemmte.

Gordon ließ sie los. Scarlett stampfte mit ihrem rechten Fuß auf, ihre Augen sprühten vor Zorn, ihr Gesicht verfärbte sich rot und die Lippen waren nur noch ein schmaler Strich. Aber Scarlett wusste nicht, wie schön sie in ihrem Zorn aussah. Und Gordon dachte, als er sie ansah: *Einfach noch einmal in die Arme reißen und küssen, immer wieder küssen.*

Scarlett sagte leise, und ihre Stimme war scharf und spitz: »Verlasse bitte meine Räume.«

Gordon ging.

Er lief zu seinem Arbeitszimmer. Eilige Berichte mussten noch geschrieben werden, die in Amerika dringend erwartet wurden. Aber Gordon konnte sich nicht konzentrieren. Immer wieder war er mit seinen Gedanken bei Scarlett.

Er zweifelte an sich und an seiner Liebe zu ihr. Ein Schatten überzog sein Gesicht und so begegnete er seiner Frau, die ihn im Salon traf. Scarlett sah Gordon kurz an, drehte sich um und verschwand wieder in ihren Räumlichkeiten.

Am späten Nachmittag zum Dinner erschien Gordon nicht, und Scarlett befragte verwundert den Butler, welcher eine Karaffe mit Wein auf den Tisch stellte: »James, sagen Sie mir doch bitte, kommt mein Ehemann nicht zum Dinner?«

»Sehr geehrte Lady, der Lord, Ihr Ehemann, sagte mir, dass er noch eine sehr dringende Besorgung tätigen müsste. Er beabsichtigt in der Londoner Innenstadt in einem der noch intakten Pubs zu speisen.« Scarlett wurde blass, denn es war das erste Mal, dass sie allein dinieren musste. Und wieder wurde sie zornig auf Gordon und dachte: *Er sagte, dass er mich liebe. Ich bezweifle es.* Als sie etwas gegessen hatte, sie konnte nicht viel speisen, da ihre Kehle wie zugeschnürt schien, begab sie sich in ihre Zimmer.

Am darauffolgenden Tag, es war ein grauer regnerischer, fuhr Scarlett in die University.

Sie musste sich ablenken und wieder arbeiten. Der Tag wurde für sie ein sehr langer. Spät am Abend kehrte sie recht müde in das Herrenhaus der Cicils zurück. An diesem Abend sah Gordon seine Ehefrau nicht mehr, denn sie hatten ja getrennte Räumlichkeiten.

So vergingen mehrere Tage, an denen sie sich kaum begegneten. Meist war es nur beim Dinner oder auf einem der Flure im Herrenhaus. Sie grüßten sich da nur flüchtig, aber ein Gespräch führten sie nicht.

Scarletts Gefühle zu Gordon veränderten sich allmählich.

Sie bekam Sehnsucht nach Gordon und vermisste plötzlich seinen Frohsinn und seine Zärtlichkeiten. Wenn diese Gefühle kamen, dann sagte sie sich: *Was will ich überhaupt? Ich weiß, dass ich Adam vergessen muss. Gordon ist mein Ehemann und er hat Rechte. Er tut mir oft leid, wenn ich ihn abweise. Dann sehe ich bei ihm immer einen traurigen Blick und es schneidet mir ins Herz. Kann es sein, dass ich beginne, Gordon zu lieben?* Sie schüttelte ihren Kopf.

Dann kam der Tag, an dem Gordon wieder fortmusste. Es war ein sonniger, aber kalter Apriltag, als er in Uniform der Luftwaffe in den Salon trat und sagte: »Liebe Scarlett, ich werde gebraucht. Morgen, sehr früh, wird meine Fliegerstaffel unseren Luftraum überwachen müssen. Ich weiß nicht, wann ich wieder dieses Haus betreten werde.«

Gordon kam dicht an Scarlett heran, nahm ihre Hände in die seinen und schaute ihr tief in die großen grünen Augen, zog sie sachte an sich heran und küsste ihren roten Mund mit einer sanften Zärtlichkeit. Abrupt ließ er sie wieder los, drehte sich um und verließ den Raum.

»Gordon!«, rief Scarlett ihm noch nach.

Er wandte sich noch einmal kurz um, nickte ihr zu, ging zum Ausgang und verließ das Herrenhaus. Vor dem Portal warteten mehrere Militärfahrzeuge und gemeinsam fuhren sie vom Anwesen.

Es war Anfang Mai 1941, die Bombardements im britischen Luftraum hatten ihren Höhepunkt erreicht. Die Innenstadt von London wurde mehrmals getroffen, und es brannte überall lichterloh. Scarlett kam an diesen Tagen nicht nach Hause. Sie verbrachte Stunden um Stunden im Krankenhaus. An einem dieser schweren Tage kamen ihr Gedanken an Gordon. *Ich habe doch große Angst um ihn. Wird er diesen Kampf überleben? Wird er nach Hause kommen?* Und plötzlich verspürte sie Zuneigung und eine große Sorge um ihren Ehemann. Ihre Hände verkrampften sich und ein Gebet kam über ihre Lippen: *Mein Herr und Gott, ich danke dir für diesen Ehemann, den du mir zu meinem Schutz gegeben hast, sowie für all meine Lieben, die ich wiederhabe.*

Dann kam ihr der Trauspruch in den Sinn, den Gordon für sie ausgewählt hatte: *Barmherzig und gnädig ist der Herr, groß ist seine Geduld und grenzenlos seine Liebe.*

Dann fiel ihr noch ein Bibelvers ein: *Herr, dein Leben hat keinen Anfang und kein Ende. Die Erde und die Himmel, alles ist das Werk deiner Hände.*

Sie ging auf die Knie und sah dabei zur Decke ihres kleinen Aufenthaltsraums. Laut kamen ihr die Worte über die Lippen: »Bitte, Herr, vergib mir meine Schuld.«

Kaum, dass sie sich erhob, klopfte es an ihrer Tür und eine Stimme rief sie zum Dienst.

Der Mai ging zu Ende und der Juni begann mit Sonne, und die ersten warmen Tage im Jahr 1941 ließen die Menschen in Großbritannien aufatmen. Die schreckliche Zeit hatte ein Ende und der Wiederaufbau in den zum Teil zerstörten Städten und Häfen war in vollem Gange.

Scarlett hatte endlich frei und konnte sich von all den Strapazen erholen.

Es war an einem der ersten Tage im Juni 1941, Scarlett saß im Garten auf einer der weiß gestrichenen Bänke und sah dem Wasserspiel des Brunnens zu. Plötzlich hörte sie, wie sich ihr jemand näherte, der Kies hinter ihr auf dem Weg knisterte. Langsam drehte Scarlett sich um und blickte erstaunt, aber auch freudig auf den schneidigen Offizier, der sich ihr näherte. Sie sprang auf und lief zu Gordon, der seine Arme ausbreitete und sie auffing.

»Gordon, endlich!«, rief sie, und ihre Augen strahlten ihn an.

Ein Glücksgefühl erfüllte sie, und Scarlett küsste Gordon spontan.

Er drückte sie fest an seine Brust und erwiderte ihren Kuss mit viel Zärtlichkeit, aber auch mit Verlangen.

Scarlett nahm Gordon an die Hand, und gemeinsam gingen sie zum Haus.

Endlich erfüllte sich für Gordon ein Traum, den er immer wieder träumte. Wenn eine der schlimmen Schlachten beendet war und er zur Ruhe kam, dann wünschte er sich Scarlett an seine Seite. Ein Wunsch, der ihn oft sehr gequält hatte.

Zwei Wochen hatte Gordon Urlaub, aber dann rief ihn die Royal Air Force, und er musste Scarlett wieder verlassen.

»Wie lange wirst du wieder fort sein?«, fragte sie. »Musst du fliegen oder bist du im Militärstützpunkt tätig?«

»Ich werde dir rechtzeitig schreiben, mein Liebling. Du musst dich nicht sorgen. Wir werden diese Schlacht gewinnen mit unserem neusten Radar und den guten Mitarbeiterinnen im Dienst der Royal Air Froce.

»Ich habe Angst!«

»Das musst du nicht, ich werde bald wieder bei dir sein. Bitte bete für mich und bleibe gesund«, sagte er, umarmte sie noch einmal stürmisch und küsste sie innig.

Scarlett folgte ihm bis zum Ausgang des Grundstücks nach und winkte zum Abschied.

Kurz wandte Gordon sich nach ihr um und winkte zurück, ehe er in eines der Militärfahrzeuge stieg, die ihn abholten.

Die Wochen vergingen, aber Scarlett bekam keine Post und die Gedanken an Gordon wurden immer schwächer. Sie fragte sich in der letzten Zeit: *Liebe ich meinen Ehemann überhaupt? Ich habe es eine kurze Zeit lang gedacht.«*

Sorgen machte sie sich kaum, denn ihre Gedanken waren jetzt wieder öfters bei Adam. *Wie wird es ihm gehen? Rebecca ist sicherlich eine sehr gute Ehefrau und Mutter. Ich beneide sie sehr.*

Die vielen Stunden im Krankenhaus, sowie die Aufgaben als Hausherrin, gaben ihr Abwechslung.

Es war an einem Wochentag im September, Scarlett wurde krank.

Ihre Bedienstete musste sie ins Bett bringen und versorgen. Es vergingen ein paar Tage, bis Scarlett sich wieder einigermaßen besser fühlte. Und dann fiel es ihr wie Schuppen von den Augen: Sie war schwanger.

Sie war jedoch gar nicht froh darüber und dachte: *Schwanger, ein Kind von Gordon, was wird er sagen, wenn er wiederkommt? Und wenn er nicht mehr kommt und ich dann mit einem Kind ganz allein bin? Was wird dann aus mir und dem Kind?*

Plötzlich fing sie an, Gordon die Schuld an ihrem Zustand zu geben.

Es vergingen drei Monate, bis sie endlich Post von Gordon erhielt.

Meine über alles geliebte Scarlett!
Bitte vergib mir, dass ich Dir jetzt erst schreiben kann.

Leider konnte ich nicht, da mein Flugzeug von einem der deutschen Abwehrgeschütze über Frankreich beschädigt wurde und wir notlanden mussten. Wir, mein Copilot und ich, irrten eine längere Zeit in einem Waldgebiet herum, bevor wir von unseren Soldaten rechtzeitig gefunden wurden. Zurzeit befinden wir uns wieder bei unseren Kameraden und beginnen mit den Vorbereitungen für den nächsten Einsatz.

Meine geliebte Scarlett, wir werden uns bald wiedersehen.

Bleib gesund und bete, dass der Herrgott uns, bis ich zu Hause bin, beschützt.

Dein Dich liebender
Gordon

Vier Wochen später, Scarlett hatte wieder eine schlaflose Nacht, so wie sie sie in der letzten Zeit häufig hatte. Sie war jetzt im siebten Monat schwanger und diese Übelkeit nahm kein Ende, und dann diese Träume, die sie immer wieder überfielen.

Sie sah: *Adam mit Rebecca glücklich und lachend mit ihren drei Kindern.*

Dann Gordon im Krieg, er sitzt im Flugzeug und plötzlich stürzt er ab.

Der Flieger explodiert und Gordon ist noch drin.

Immer wieder wurde sie dadurch geweckt und konnte nicht mehr richtig weiterschlafen. Dann weinte sie sich in einen ruhelosen und leichten Schlaf, der ihr nicht viel Erholung brachte, und Gordon war immer noch nicht zu Hause. Der einzige Brief, den er ihr schrieb, war vor acht Wochen angekommen.

Wo ist Gordon? Lebt er noch? Immer wieder kamen ihr diese Fragen.

Jacob und Susi waren in der letzten Zeit sehr oft bei ihr und beruhigten sie. Jacob, er hatte sich nicht freiwillig als Soldat gemeldet, wurde auch nicht eingezogen, so wie Gordon. Gordon war einer der wichtigen Männer für England und Jacob nur ein Banker.

Es vergingen viele Wochen, bis zu einem Tag im März, als zwei hohe Offiziere vor ihrer Haustür standen. Der Butler begleitete sie in den Salon, in dem Scarlett sich aufhielt.

Höflich salutierten sie und stellten sich als Mitglieder der Royal Air Force vor. Dann begann der eine, leise, aber mit fester Stimme: »Sehr geehrte Lady Cicil, leider müssen wir Ihnen mitteilen, dass Ihr Ehegatte, Oberst Gordon Cicil, nicht mehr von seinem letzten Einsatz zurückkam. Nach seiner letzten Meldung war er mit einer unserer besten Flugstaffeln über Frankreich unterwegs. Zwei seiner Flieger konnten ihren Auftrag noch erfolgreich durch den tapferen Einsatz des Oberst Cicil abschließen. Laut ihren Beobachtungen sahen sie, wie der Flieger Ihres Gatten und unseres besten und tapfersten Offiziers abgeschossen wurde.«

Danach verneigten sie sich, wünschten noch herzliches Beileid und übergaben ihr ein Offiziersbajonett sowie Gordons Ausgehuniform.

Dann verließen sie die zitternde und hilflose Scarlett.

Sie bemerkte, dass sie gar nicht weinen konnte. Sie setzte sich in ihren Sessel nah am Fenster und blickte hinaus. Dabei dachte sie: *Jetzt hast du es geschafft, lässt mich mit einem Kind hier in diesem riesigen Haus ganz allein. Ich habe es doch geahnt, dass du mich verlässt.*

Ich hasse dich, Gordon Cicil.

Kaum, dass sie ihre Gedanken beendet hatte,

bekam sie starke Wehen. Sofort rief sie den Butler, dass er dem Chauffeur Bescheid gebe, dass
dieser die Hebamme holen solle.

Und so kam es, dass Scarlett an dem Tage, an
dem sie die Nachricht vom Tode ihres Ehegatten
bekam, ihrem und Gordons Kind das Leben
schenkte.

Die Hebamme wollte ihr den kleinen zarten
Jungen in die Arme legen, aber Scarlett wehrte
ab. Sie wollte das Kind noch nicht einmal sehen
und sagte nur: »Leg es in die Wiege.«

»Es schreit aber und Sie müssen es an Ihre
Brust nehmen.«

»Holen Sie eine Ziehmutter. Sie kennen sich
doch damit aus«, sagte sie zu der Hebamme, die
schon etwas älter war und nur den Kopf schüttelte.

Nach einer ganzen Zeit sagte diese: »Sie sind
nicht mehr sehr jung, aber doch klug und könnten versuchen zu stillen. Nach ein bis zwei Tagen
werden Sie Milch haben und Ihrem Kind dadurch Schutz und Liebe schenken.«

Scarlett drehte sich zur Seite und fing an zu
weinen.

Es vergingen ein paar Stunden, das Baby hatte
sich in den Schlaf geweint, als sie aufstand und
es sich in ihr Bett holte.

Friedlich und fest schliefen beide ein.

Als es wieder anfing zu weinen, legte sie es
an ihre Brust und versuchte es zu stillen. Nach

mehreren Versuchen dann endlich spürte Scarlett, wie ihr Baby trank. In diesem Moment überkamen sie ein großes Glücksgefühl und eine unbeschreibliche Liebe zum Kind. Sie strich ihm zärtlich über das kleine Köpfchen mit den schwarzen Haaren, die das kleine Wesen schon hatte, und nahm es fest und sicher in ihre Arme.

Ab da war ihr Kind für sie der Innbegriff von Glauben, Lieben und Hoffen.

Scarlett wusste, die Liebe zum Herrn im Himmel und seine Liebe zu den Menschen, das ist das Größte.

Sie machte nichts mehr ohne ihr Kind.

Gordons Vater kam fast jeden Tag, um seinen Enkel zu sehen und mit ihm zu spielen. Das gefiel Scarlett, denn er war sehr gut mit dem Kind.

Es war einer der wenigen sonnigen Herbsttage 1942, da stand plötzlich ihre alte Freundin Rebecca, vom Butler begleitet, in ihrem Salon. Scarlett ging ihr glücklich strahlend entgegen und beide lagen sich in den Armen.

»Meine Rebecca hat mich nicht vergessen. Ich freue mich sehr, dass du da bist. Aber wie ist das möglich? Komm, wir setzen uns.«

»James, bitte bringe uns Tee und Gebäck«, sagte sie zum Butler, der den Salon mit einer Verbeugung verließ.

»Liebe Scarlett, dein Bruder Jacob, ihn traf ich

zufällig vor zwei Tagen in unserem Ort. Er erzählte mir, dass er mit seiner Familie wegen der ständigen Bombenangriffe aus Plymouth flüchten musste. Dein lieber Bruder berichtete mir von deinem Leid. Als ich das hörte, wie schlecht es dir geht, habe ich mich gleich auf den Weg gemacht.

Ich wäre doch viel früher zu dir gekommen, wenn ich alles eher erfahren hätte. Ab jetzt dürfen wir uns nicht mehr aus den Augen verlieren. Bitte versprich es mir.«

»Du hast Recht, denn ich brauche dich, du bist für mich immer noch die Einzige, die mir Halt und Sicherheit geben kann. Du bist und bleibst meine beste Freundin.« Beide Frauen umarmten sich innig.

»Ja, meine Liebe. Ich werde versuchen dir zu helfen, aber bitte erzähle mir von deinen Sorgen und deinem Kummer.«

Der Butler stellte die Teekanne sowie das Gebäck auf einem der kleinen Tische ab sowie das dazu passende Geschirr.

Als sie wieder allein waren, begann Scarlett all das Erlebte zu erzählen, und Rebecca hörte ihr erstaunt zu. Dabei bemerkte Rebecca, wie Scarlett sich doch verändert hatte. Scarlett erwähnte mit keinem Wort Adam. Sie fragte nicht nach ihm, sondern berichtete mit großem Kummer nur von Gordon, ihrem gefallenen Ehemann.

Rebecca sah sie dabei traurig an, denn es tat ihr sehr weh, und sie wusste nicht so recht, wie sie ihrer lieben Freundin helfen könnte. Dann erfuhr sie noch, dass Scarlett ein Kind hatte. Mit viel Mitgefühl nahm sie Scarlett an ihren Händen, schaute sie besorgt an und sagte: »Meine kleine liebe Scarlett, es tut mir so sehr leid, dass du dein großes Glück verloren hast. Nur unser Herrgott im Himmel weiß, warum du so ein Leid erfahren musst. Aber er wird alles wieder richten, und eines Tages wirst du wieder glücklich sein. Auch dein Kind wird dir dabei helfen.«

»Ich danke dir für deine Liebe, liebe Rebecca. Es tut mir sehr gut, und ich fühle mich dabei, wie damals, als ich noch ein Kind war und du mich getröstet hast.«

Scarlett umarmte sie und ein kleines Lächeln umspielte dabei ihre Lippen.

Ein Gefühl von Reue kam über Scarlett und sie sagte: »Bitte vergib mir. Ich habe dir Leid und Kummer zugefügt mit meinen Gefühlen, die nicht sein durften. Du warst und bist für mich einer der wichtigsten Menschen in meinem Leben. Ich habe es nur vergessen«, und Scarlett weinte, auch vor starken Schuldgefühlen, da sie begriff, wie es ist, einen geliebten Menschen zu verlieren. Rebecca, die es sah, nahm sie kurz tröstend in die Arme. In ihren Gedanken, die

Scarlett überfielen, sagte sie sich: *Ich war damals so verblendet und versuchte der einzigen Freundin, die ich hatte, den Mann und Vater ihrer Kinder wegzunehmen. Ich war so egoistisch und selbstherrlich zugleich.*

Aber auch ein wenig Verteidigung kam ihr in den Sinn, denn sie sagte sich: *Rebecca hatte ja recht, als sie sagte, dass ich einsam war und zu jemandem gehören wollte. Da war Adam, und als junger Soldat bewunderte er mich. Das war schön, und ich fühlte mich dabei glücklich.*

So jung und unerfahren ich auch war, ich dachte, es wäre die große Liebe.

Ein Bild rückte plötzlich vor ihre Augen und sie sah einen großen stattlichen Offizier mit einem Lächeln, das ihr galt, vor sich. Sie fing an, seinen Namen leise zu rufen, Gordon, und erwachte aus ihren Träumereien.

Rebecca, die an ihrer Teetasse nippte und das Gebäck genüsslich verzehrte, sah auf Scarlett und sagte: »Meine Liebe, wo warst du so plötzlich mit deinen Gedanken?«, und lächelte dabei.

»Du vermisst deinen lieben Ehegatten sehr. Das macht auch mich sehr traurig.«

Als sie sich noch ein wenig über Rebeccas Kinder unterhielten, kam das Kindermädchen mit dem kleinen Gordon auf dem Arm in den Salon und überreichte Scarlett ihr Kind.

Rebecca war entzückt von dem kleinen süßen Gordon, scherzte und lachte mit ihm. Als die Zeit gekommen war und Rebecca sich verabschiedete, liefen bei beiden Frauen die Tränen. Scarlett sagte unter Tränen: »Bitte, liebe Rebecca, pass auf dich und deine Familie gut auf, und übersteht diese schlechte Zeit gut, bis zu unserem Wiedersehen.« Sie umarmten sich noch einmal innig, und Rebecca fuhr in ihrem Auto zurück zu ihrer Familie.

Als Scarlett später im Bett lag und den Tag passieren ließ, musste sie feststellen, dass sie sich so froh und unbeschwert fühlte wie schon so lange nicht mehr. In dieser Nacht schlief sie endlich wieder durch, was seit vielen Wochen nicht mehr gegangen war.

Die Monate vergingen schnell. Scarlett arbeitete wieder als Ärztin und gab in der Universität in London Vorlesungen. Aber sie wusste, dass ihr Kind in der Zeit ihrer Abwesenheit bei Gordons Vater und dem Kindermädchen gut aufgehoben war. Wenn sie ihren kleinen Sohn am Abend zur Nachtruhe legte, dann fielen ihr die Kinderlieder ein, welche sie mit Rebecca sang, aber auch die vielen schönen Geschichten. Sie konnte dadurch ihrem kleinen Gordon so manches schöne Märchen erzählen. Dabei kamen so oft auch die Erinnerungen an ihre Zeit im

Kloster und dabei übermannte sie die Sehnsucht nach Gordon, ihrem Ehemann. Dann dachte sie: *Warum musste er so jung sterben? Und er ist gegangen, ohne zu wissen, dass er einen Sohn hat.* Dabei liefen ihr die Tränen und sie vergrub ihr Gesicht in den wuscheligen Haaren ihres kleinen Sohnes. Dieser sah sie dann immer ganz eigenartig an. Manches Mal fragte er sie dann: »Mama, warum weinst du?«

Dann hob sie ihn hoch und fing an zu singen und mit ihm zu lachen.

Scarletts geliebter Bruder Jacob mit seiner lieben Susi und ihren beiden Mädchen, alle beide hatten blondes Haar und sahen liebreizend aus, kam oft zu Besuch. Die Mädchen zählten bereits vier Jahre, und der kleine Gordon wurde im März 1945 drei Jahre alt. Seine schwarzen welligen Haare hatte er von seinem Vater geerbt und glich ihm dadurch sehr.

Gemeinsam feierten sie Ende März Klein Gordons Geburtstag.

Scarlett nahm ihre Geige, spielte und sang dabei eins der Kinderlieder, die sie schon früher gemeinsam mit Rebecca gesungen hatte.

Die drei Kinder klatschten vergnügt, und Susi und Jacob lachten mit ihnen um die Wette.

Plötzlich ging die Tür des Salons auf und ein großer, dünner Mann in abgetragener Kleidung, mit Bart und schwarzen, dichten, welligen Haaren stand im Türrahmen und sah dem Treiben der lustigen Gesellschaft entgegen.

Als Scarlett diese Erscheinung sah, ließ sie ihre Geige auf den Boden gleiten, und plötzlich kehrte Stille ein. Keiner der Anwesenden sprach ein Wort oder rührte sich von der Stelle. Noch nicht einmal die Kinder, denn diese sahen diesen Mann mit großen Augen fragend an. Scarlett, die sich als Erste fasste, lief zögerlich auf die Gestalt zu. Kurz vor ihr blieb sie stehen und sagte, kaum dass die anderen es verstanden: »Bist du es, oder bist du ein Geist?«

Dann sprang Jacob auf und rief: »Gordon! Du lebst!«

Er kam nicht weiter, denn Scarlett sagte: »Bist du es wirklich? Hast du mich doch nicht verlassen? Oder bist du nur sein Ebenbild?«

Dann stand sie ganz nah vor ihm und sah in sein ausgezehrtes Gesicht.

»Gordon ...«, und sie fing an zu weinen. Dann fiel sie in seine Arme und rief laut: »Mein Gott im Himmel, du bist es, der uns immer Hoffnung gab, und der Glaube an dich hat uns die Liebe wiedergebracht. Danke, mein Gott!« Gordon konnte sie gerade so halten, so schwach war er.

Die Abneigung zu Gordon, die Scarlett einst empfunden hatte, war wie nie dagewesen, und die Liebe zu diesem Mann überwog ganz plötzlich alles.

Gordon musste für mehrere Wochen das Bett hüten und wurde von Scarlett versorgt und gepflegt. Als er sich etwas erholt hatte und endlich wieder sprechen konnte, berichtete er, was geschehen war: »Meine geliebte kleine Scarlett, es tut mir so sehr leid, dass ich mich nicht bei dir melden konnte. Als man meinen Flieger abschoss, konnte ich mich mit Schleudersitz und Fallschirm vor dem Tode bewahren und landete auf einem Feld. Dort wurde ich von deutschen Soldaten aufgegriffen und als Kriegsgefangener nach Deutschland verschleppt. Man sperrte mich in eins ihrer berüchtigten Lager. Ich möchte dir lieber nicht erzählen, wie es dort zuging. In diesem Gefängnis wurde ich mit mehreren englischen, amerikanischen, russischen, aber auch zwei deutschen Offizieren zum Tode durch Erschießen verurteilt. Zwei Amerikaner und ich – wir hatten das große Glück, bevor man uns hinrichten konnte, bei einem der Bombenangriffe auf das Lager fliehen zu können. Mehrere Tage irrten wir ohne Essen umher. Wir versuchten in den verlassenen Bauerngehöften etwas zu finden. Oft aber hatten wir nichts und der Winter machte alles noch viel schwerer. Immer diese Angst, entdeckt und wieder verhaftet zu werden. Endlich hatten wir Glück und trafen auf eine amerikanische Einheit, die uns half. Wir hatten es geschafft und wurden nach Hause gebracht. Erst mit einem ihrer Panzer, später mit einem Lastwagen und zuletzt mit dem Flieger. Als ich in London ankam, bin ich mit einem der Militärfahrzeuge gleich zu dir gefahren. So schwach und auch krank ich mich fühlte, ich habe dich so sehr vermisst.«

Scarlett hielt dabei seine Hände und Tränen bedeckten ihr Gesicht. »Ich kann nicht verstehen, warum Gott diesen Krieg zugelassen hat, aber ich habe beschossen, ihn diese Last tragen zu lassen, und uns helfen zu lassen.« Ein zärtliches Leuchten trat dabei in ihre Augen. Dann sagte sie noch: »Wie kann man einem Gott vertrauen, der zuließ, dass er dir und Menschen, die wir lieben, so schreckliche Dinge zustießen?«

»Meine liebe Scarlett, kein Mensch bleibt vor Anfechtungen und Leiden verschont. Lass nicht zu, dass der Schmerz, den du noch verspürst, deinen Blick auf die Zukunft trübt. Du darfst auch nie zulassen, dass die Sorgen und Ängste dich davon abhalten, das zu tun, was Gott dir aufs Herz legt«, sagte Gordon mit einem schwachen Leuchten in den Augen. Dann sagte er noch, und dabei richtete er sich leicht auf: »Besonders, wenn es darum geht, jemanden zu helfen, der sich selbst nicht helfen kann, so wie du es sehr oft in deinem Beruf getan hast.«

Gordon hatte sich durch Scarletts gute Pflege und medizinische Betreuung gut erholt.

Es war an einem der ersten sonnigen und warmen Tage, da liefen sie langsam, Hand in Hand durch den Garten den gewundenen Weg einen kleinen Hang hinunter zum Bach. Mit einer leichten Brise erfüllte der frische Duft von Zedern, feuchter Erde und Moose die Luft. Das Plätschern des Wassers, das über geschichtete Felssteine in die Tiefe sprudelte und der Gesang der Vögel in den Bäumen beruhigte Scarletts aufgewühlte Gedanken.

Gordon blieb stehen, beugte sich zu ihr und küsste sie zärtlich auf die roten Lippen. Sie schloss die Augen und erwiderte seinen Kuss, während ihr Herz und ihre Seele vor Freude und Dankbarkeit jubelten. »Du bist eine faszinierende Frau, Scarlett Cicil.« Sie senkte den Kopf und ließ die Worte auf sich wirken. Sie berührten ihr Herz und ihre Seele bis auf den letzten leeren Winkel. »Das ist die Wahrheit, meine geliebte kleine Ehefrau.« Sie lächelte und blickte über seine Schulter auf das Strahlen des Sonnenuntergangs. Dann nahm sie seine Hand und gemeinsam gingen sie zum Brunnen. Plötzlich sah Gordon da einen kleinen Jungen mit einem Ball spielen. Der Kleine unterbrach sein Spiel, als er den großen Mann vor sich sah, und schaute diesen fragend an. Dann fragte der Kleine: »Wer bist du?«

Scarlett, die neben Gordon trat, sagte: »Weißt du, dieser Lord heißt genauso wie du, er heißt Gordon.«

»Auch wie ich? Wieso?«

Scarlett bückte sich zu ihrem Sohn hinab, nahm ihn an die Hand und führte ihn zu Gordon.

Dann sah sie ihn an, legte die kleine Hand ihres Sohnes in die große ihres Ehegatten und sagte: »Dieser kleine Gordon ist dein Sohn.«

Gordon Augen wurden immer größer, so sehr war er sprachlos.

Aber Scarlett sah in seinen Augen plötzlich ein Strahlen, und ein frohes und glückliches lautes Lachen kam aus seinem Mund, dann seine Grübchen in den Wangen und die vorwitzige Haarlocke, die in seine Stirn fiel.

Er hob den kleinen Gordon auf seine Arme und dann wirbelte er ihn um sich herum und lachte und lachte. Aber danach musste er sich erschöpft auf die Bank setzen, denn er war doch noch nicht so kraftvoll, wie er dachte.

Scarlett war in diesem Moment bewusst geworden, wie dumm sie doch immer gewesen war, und dachte: *Warum hat mich sein frohes Lachen immer so geärgert? Er lacht doch so wunderschön.*

Dann sah Gordon zu Scarlett, legte seine Arme um ihre Hüften, drückte sie an sich und küsste sie innig. Danach sagte er: »Du bist meine große Liebe, die niemals vergehen wird. Ich danke dir von Herzen für dieses wunderschöne Geschenk, welches du mir mit diesem, unserem Kind gemacht hast.«

Tränen bedeckten Scarletts Gesicht und ihr Herz war erfüllt vom überfließenden Glück.

Glaube, Liebe, Hoffnung, aber die Liebe ist das Größte von ihnen.

Epilog

Ein Jahr ist vergangen und der Krieg zu Ende.

Europa und die Welt atmen auf, und überall beginnt der Wiederaufbau.

Ich, Scarlett, habe meine wahre große Liebe gefunden. Mein geliebter Gordon trägt mich auf Händen und der kleine Gordon, der seinem Vater immer ähnlicher wird, macht uns viel Freude.

Es wird Sommer, und Rebecca wird uns mit ihrer ganzen Familie besuchen kommen. Ich freue mich schon sehr darauf.

Alles in der Natur beginnt zu leben. Der Weg zu unserem Haus ist gesäumt von blühenden Gewächsen, und auf der Wiese kann man verschiedene Blumen entdecken. Auch unsere Bäume im Garten fangen an zu blühen. Mir geht es wie diesen Blumen auf der Wiese. Ich lebe nicht nur, ich blühe und gedeihe, denn in zwei Monaten werde ich unser zweites Kind zur Welt bringen, trotz meines fortgeschrittenen Alters.

Bei diesem Gedanken lege ich die Hand auf meinen gewölbten Leib.

Ein neues Leben ist unterwegs, dank Gottes Güte.

Wir werden bald ein weiteres kostbares kleines Mitglied bekommen, und ein Schauer der sagenhaft großen Liebe durchströmt mich.

Barmherzig und gnädig ist der Herr, groß ist seine Geduld und grenzenlos seine Liebe. (Psalm 103)

Die Autorin

 Marita Störmer, Jahrgang 1954, lebt mit ihrem Mann in Bad Blankenburg, Thüringen, und ist Mutter von drei erwachsenen Kindern und sieben Enkelkindern.

Sie arbeitete viele Jahre im Ev.-Luth. Pfarramt ihrer Heimatstadt.

Mit Beginn ihres Rentnerdaseins, vor fünf Jahren, hat sie mit dem Schreiben begonnen. In dieser Zeit entstanden die Romane *Es gibt bedingungslose Liebe* und der Dreiteiler *Das Ende der Welt vor ihren Augen*.